Ashley Gilmore

Dornröschens Tochter
Rosaly

Princess in love 2

Rosaly – Dornröschens Tochter
Princess in love 2

ISBN-13: 978-1530417865

Kontakt: autorinashleygilmore@hotmail.com

Email: ashleygilmore.jimdo.com

Lieben wir sie nicht alle, die klassischen Märchen um Dornröschen, Schneewittchen und Co.? Wer aber wusste, dass diese inzwischen heranwachsende Töchter haben, die auf der Suche nach ihren eigenen Prinzen sind? Nach ihrem Abschluss an der Crown School absolvieren die Prinzessinnen ein 6-monatiges Magical in der Realen Welt - Zauber und Liebe inklusive. Aber welche von ihnen will am Ende überhaupt noch zurück nach Fairyland?

Rosaly, Tochter von Dornröschen und Prinz Philipp, darf ihr Magical in New Orleans absolvieren, wo sie den Liebenden als Hochzeitsplanerin behilflich sein soll. Schon am ersten Tag begegnet sie dem Jazzmusiker Henry, jedoch hat sie für eigene Liebesangelegenheiten leider kein ganz so gutes Händchen.

FAIRYLAND

Kapitel 1

Rosaly bürstete sich das Haar einhundert Mal, bevor sie sich einen Pferdeschwanz machte und die rosafarbene Rose hineinsteckte.

Ja, so konnte sie sich sehen lassen an diesem besonderen Tag.

Sie konnte es kaum glauben, er war wirklich gekommen, der Tag, der ihr Leben von Grund auf verändern sollte, der Tag, an dem ihnen allen gesagt werden würde, wo es für sie hingehen sollte für die sechs Monate ihres Magicals.

Rosaly war achtzehn Jahre alt, seit ihrer Geburt war sie immer nur verhätschelt worden, wie es für eine Prinzessin wohl so üblich war. Sie war natürlich dankbar für all die Annehmlichkeiten, die ihre Eltern, Dornröschen und Prinz Philipp, ihr ermöglichten, nicht jeder durfte eine Schule wie die Crown School besuchen, trotz allem freute sie sich aber sehr darauf, auch mal etwas anderes kennenzulernen.

Wie würde die Reale Welt wohl sein? Würde sie ganz genau so sein, wie es in den Büchern stand, die Mrs. Happy sie im Fach Literatur der

Realen Welt lesen ließ? Natürlich bekamen sie ausschließlich die Liebesromane mit Happy End zu lesen, sie hatte aber auch von ganz anderen Büchern gehört, von Mord und Totschlag, von Raub und Verrat. Zum Glück hatte sie nie eines dieser Bücher in die Finger bekommen, sie glaubte nämlich, sie würde es nicht verkraften, von so viel Abscheulichem zu lesen. Hier in Fairyland waren sie alle wohlbehütet aufgewachsen, man hielt alles Böse von ihnen fern.

Würde das in der Realen Welt so bleiben?

Sie begab sich zum Speisesaal hinunter, wo bereits Lizzy, ihre beste Freundin, auf sie wartete. Die Tochter von Cinderella und Prince Charming war ihre liebste Weggefährtin, seit sie denken konnte. Sie unternahmen einfach alles zusammen, Rosaly mochte gar nicht daran denken, dass sie sie bald ganze sechs Monate nicht sehen durfte.

Es war nämlich so: Die Prinzessinnen der Crown wurden nach ihrem Abschluss in die Reale Welt geschickt, um eine letzte Prüfung zu bestehen. Sie sollten Magie verstreuen, ohne aber dabei zu offenbaren, wer sie wirklich waren. Auf dieses Magical wurden sie allein geschickt, jede von ihnen an einen anderen Ort. In dieser Zeit durften sie weder Kontakt zueinander noch zu ihren Familien zu Hause aufnehmen.

So aufregend sich das Ganze auch anhörte, so sehr sich Rosaly auch auf dieses große Abenteuer freute, war das der Wehrmutstropfen, der sie sich auch fürchten ließ, schließlich war sie noch nie von zu Hause fortgewesen. Damit meinte sie natürlich Fairyland, von zu Hause fort war sie fast das ganze Jahr über, denn die Crown School war ein Internat, die Familien wurden nur in den Ferien besucht.

Das machte Rosaly aber nichts aus, schließlich hatte sie hier Lizzy, ihre Seelenverwandte und engste Vertraute.

Sie musste zugeben, dass sie ein wenig Angst um Lizzy hatte. So wie diese in letzter Zeit nämlich von ihrem Magical schwärmte, konnte man annehmen, dass sie gedachte, in der Realen Welt zu bleiben. Was natürlich keinesfalls so gedacht, aber doch schon einige Male vorgekommen war. Eine von Schneewittchens Töchtern zum Beispiel hatte sich dazu entschlossen, bei ihrem Liebsten in der Realen Welt zu bleiben. Was sollte Rosaly nur tun, falls ihre beste Freundin, die sowieso ständig Flausen im Kopf hatte, auf dieselbe verrückte Idee kam?

»Guten Morgen, du Schlafmütze«, begrüßte Lizzy sie.

»Oh, bin ich zu spät?«

Wie immer war Rosaly ein wenig durcheinander, was die Uhrzeit anging. Sie hatte einfach kein Gefühl dafür.

»Fast eine halbe Stunde, meine Liebe. Ich hoffe nur, es ist noch etwas von diesem leckeren Haferschleim für dich übrig.« Das Wort Haferschleim sagte Lizzy mit einem sarkastischen Unterton, denn keine von beiden mochte das widerliche, aber höchst gesunde Zeug.

Lizzy hatte mehr als einmal gesagt, dass sie ihn in der Realen Welt nicht ein einziges Mal essen wollte. Dort würde sie nur Dinge essen, die ihr auch schmeckten, außerdem wollte sie Neues ausprobieren wie etwa Pizza oder Hamburger.

Oh ja, Pizza. Davon wurde neulich in einem Roman berichtet, den sie im Schulunterricht gelesen hatten. Das Pärchen darin war mehrmals Pizza essen gegangen und diese wurde dann ausführlich beschrieben. Als sie von Salami und geschmolzenem Käse lasen, war allen das Wasser im Mund zusammengelaufen. Auf Pizza freute sich Rosaly also auch schon sehr. Vorausgesetzt sie würde in ein Land geschickt werden, in dem Pizza angeboten wurde. Sie wusste nicht allzu viel von der Realen Welt, ja, nicht einmal halb so viel wie Lizzy, aber sie war sich doch ziemlich sicher, dass in China Pizza nicht auf der Speisekarte stand.

Rosaly hatte im Gegensatz zu Lizzy keine Schwestern, die bereits in der Realen Welt gewesen waren und davon berichtet hatten. Sie hatte lediglich einen älteren Bruder, William. Die

Prinzen gingen zwar auch in die Reale Welt, aber sie gingen nicht, um Magie zu verstreuen, sondern um ein Praktikum in der Politik zu absolvieren, um die Oberhäupter der Realen Welt ein wenig zu unterstützen, sie hatten es wohl mehr als nötig.

»Sag, Rosaly, bist du denn überhaupt nicht aufgeregt?«, wollte Lizzy nun von ihr wissen.

Ihr waren inzwischen der Haferbrei und eine halbe Grapefruit gebracht worden und sie träumte beim Essen vor sich hin.

»Oh, doch, natürlich. Ich bin nur noch nicht richtig wach.«

»Ach, meine Liebe, bist du das jemals?«

Lizzy lachte.

»Mach dich nicht über mich lustig, Lizzy, sonst verrate ich deiner Mutter, dass du dir einen Prinzen in der Realen Welt suchen willst.«

»Das stimmt doch gar nicht!«

Rosaly lachte, weil ihre Freundin so empört klang. »Du hast aber schon davon geträumt, gib es ruhig zu.«

»Vielleicht eine Minute lang.« Lizzy grinste schief.

»Husch, husch, Mädchen! Der Unterricht beginnt in einer Viertelstunde!«, scheuchte Mrs. Wonderful, die gute Fee der Crown, sie auf.

Rosaly ließ ihren Haferschleim stehen, sie hatte eh keinen Appetit. Der heutige Tag war viel zu aufregend. In einer Viertelstunde würden sie endlich erfahren, was das nächste halbe Jahr ihnen bringen würde. Sie klatschte in die Hände vor Freude.

»Oh. Na, jetzt scheinst du ja endlich richtig wach zu sein.«

Rosaly hakte sich bei Lizzy ein und gemeinsam gingen sie hinauf in den zweiten Stock der Burg, in dem sich ihr Klassenzimmer befand.

Kapitel 2

Mrs. Happy stand bereits superfröhlich an der Tafel und wartete darauf, endlich ihren Zauberstab schwingen und daran schreiben zu dürfen, wohin es für die Prinzessinnen gehen sollte.

Für jeden Jahrgang gab es andere Ziele, die letzte Abschlussklasse war ausschließlich nach Europa gegangen. Rosaly war es eigentlich egal, wohin das Schicksal sie führen würde, sie wollte nur endlich einmal einen Abstecher in die Reale Welt machen und herausfinden, wie es dort wohl war. Sie wollte Erfahrungen sammeln und dann zurück nach Fairyland kehren, wo sie ihren Prinzen finden, heiraten und bis ans Ende ihrer Tage glücklich werden konnte.

Endlich betrat auch Mr. Everafter den Raum.

Rosaly sah hinüber zu Lizzy, die ganz ungeduldig auf ihrem Stuhl hin und her zappelte.

Alle Prinzessinnen starrten gebannt zur Tafel, auf die Mrs. Happy nun schrieb: Amerika.

Amerika? Einfach nur Amerika?

Rosaly war verwirrt, wartete darauf, dass noch etwas folgte, doch Mrs. Happy steckte sich ihren

Zauberstab bereits wieder in die Schlaufe an ihrem Kleid.

Sie sah wieder hinüber zu Lizzy, um zu erfahren, ob diese eine Ahnung hatte, was das Ganze zu bedeuten hatte. Doch Lizzy sah ebenso ahnungslos aus wie sie selbst. Sie zuckte also die Schultern und konzentrierte sich auf die Lehrer, sie würden ihnen schon Näheres sagen.

»Prinzessinnen, wir haben ausdrückliche Anweisungen vom Hohen Rat bekommen, dass wir euch alle nach Amerika schicken sollen«, verkündete Mrs. Happy. Dann begann sie zu erzählen, dass in Amerika das Märchen-Barometer so niedrig gesunken sei wie noch nie, dass die amerikanischen Kinder nicht mehr an Märchen glaubten und dass die Menschen dort mit Gewalt besiegen wollten, was man im Märchenland mit Liebe bezwang.

Für Rosaly stand sofort klar: Amerika brauchte sie.

So unglücklich die meisten anderen Prinzessinnen auch aussahen, weil sie nun nicht an ihre Traumziele wie Paris oder Venedig kamen, machte Rosaly diese neue Wendung überhaupt nichts aus. Sie alle waren zehn Jahre lang auf diese Aufgabe vorbereitet worden. Prinzessin zu sein bedeutete nicht nur, einen Prinzen zu heiraten, ein Leben im Luxus zu führen und schöne Kleider zu tragen, es bedeutete vor allem auch, Vorbild zu sein. Anderen den Weg zu weisen. Sie alle würden eines Tages ein ganzes Reich regieren, dies war also die perfekte Vorbereitung darauf.

Mr. Everafter ging mit seinem Hut herum, in dem dreißig zusammengefaltete Zettel lagen. Rosaly hörte die anderen Prinzessinnen stöhnen oder sich freuen, schielte auf die Zettel der anderen. Auf dem von Arielles Tochter Wanda stand »Miami« und Belles Tochter Heather würde nach Atlanta reisen. Als sie endlich an der Reihe war, blendete sie alle anderen aus, griff in den Hut und hielt kurz darauf ihren eigenen Zettel in Händen.

Behutsam faltete sie ihn auseinander. Freudig las sie die goldenen Buchstaben, die ihr ihr Ziel nannten.

New Orleans.

New Orleans ... auf Anhieb fiel ihr wieder diese wundervolle Musik ein, die Mr. Everafter ihnen einmal im Unterricht vorgespielt hatte, im Fach Geschichte der Realen Welt. Wie hatte er sie noch gleich genannt? Jazzmusik? Rosaly hatte sie ganz toll gefunden.

Was fiel ihr noch zu New Orleans ein? Nicht besonders viel. Sie würde den Ort nachher gleich nachschlagen und auch Lizzy befragen, die sicherlich viel mehr wusste als sie.

Lizzy. Sie hatte ihre Freundin völlig vergessen. Als sie nun zu ihr blickte, vernahm sie neugierige Blicke. Schnell hielt sie ihren Zettel hoch. Lizzy schien sich für sie zu freuen. Als sie wenig später ihren eigenen Zettel in die Höhe hielt, auf dem »New York« stand, war der Tag perfekt.

Sie beide würden an ganz wundervolle Orte geschickt werden. Ihr Magical konnte kommen.

Gleich nach dem Unterricht klopfte sie an Lizzys Tür. Als diese sie hereinbat, lief sie ihr freudig entgegen. Sie fielen sich glücklich in die Arme.

»Lizzy, du kennst dich doch so gut aus«, sagte sie wenig später, als sie gemeinsam auf Lizzys Himmelbett saßen. »Was weißt du über New Orleans?«

Lizzy überlegte. Dann sagte sie: »Erinnerst du dich an diese wundervolle Jazzmusik, die Mr. Everafter uns einmal auf dem Plattenspieler vorgespielt hat?«

Sie nickte. »Das war auch das Erste, was mir eingefallen ist. Was gibt es noch in New Orleans? Außer Jazzmusik?«

»Es gibt einen Fluss, den Mississippi, dort fahren tolle Schiffe, die man Raddampfer nennt. Sehr viel mehr weiß ich leider auch nicht, aber du wirst es schon herausfinden, Rosaly. Du hast schließlich ganze sechs Monate Zeit dazu.«

»Ja, sechs lange Monate. Wie soll ich die nur ganz allein durchstehen? Ich bin nicht so offen und weltgewandt wie du.«

»Ich bin mir sicher, du wirst das ganz super meistern und vor allem ganz viel Magie verbreiten.«

»Hast du dir schon Gedanken darüber gemacht, was du in der Realen Welt machen willst? Welche Arbeit du ausführen möchtest?«

»Ach, das wird sich schon zeigen. Ich könnte mir gut vorstellen, mit Kindern zu arbeiten. Wenn wir es schaffen, die Kinder dazu zu bringen, wieder an die guten alten Märchen zu glauben, werden diese es an ihre Kinder weitergeben. Dann ist Amerika gerettet.«

»Wenn es einer schaffen kann, dann du, Lizzy. Ich bin mir allerdings nicht so sicher, was ich bewirken kann. Ich bin doch viel zu still und zurückhaltend, um die Welt zu retten. Eine Heldin bin ich ganz bestimmt nicht.«

»Du musst einfach versuchen, mehr aus dir herauszukommen. Trau dich ein bisschen was. Dich wird schon keiner beißen.«

»Das weiß ich doch. Es ist halt nicht jeder so wie du. Aber ich werde mein Bestes geben. Nun lass uns weiter Ahnenkunde lernen, damit wir auch die letzten Prüfungen bestehen und unser Magical abhalten können.«

Diejenigen von ihnen, die die Prüfungen nicht bestanden, mussten nämlich in Fairyland bleiben. Zumindest sagten Mrs. Happy und Mr. Everafter ihnen das immer wieder. In Wahrheit wusste Rosaly aber von keiner Prinzessin, der wirklich ihr Magical verwehrt worden war, es sollte wohl nur als Motivation dienen.

»Wie soll ich mich nur auf die Ahnen konzentrieren, wenn doch so viel Wundervolles auf mich wartet?«, stöhnte Lizzy.

»Freust du dich sehr auf New York?«

Rosaly selbst war froh, dass sie New York nicht gezogen hatte, denn die Stadt war viel zu laut und überfüllt für sie. Sie hoffte, dass New Orleans genauso war, wie sie es sich vorstellte: idyllisch, romantisch, musikalisch und voller wunderbarer Überraschungen.

»Das fragst du noch? Ich war nie im Leben so glücklich.«

Rosaly lächelte ihre Freundin an. Sie konnte gut verstehen, was sie meinte.

Kapitel 3

Am Abend noch hatte Rosaly ein Telegramm an ihre Eltern geschrieben, in dem sie ihnen die tolle Neuigkeit mitteilte. Mit einem Lächeln war sie eingeschlafen und hatte von New Orleans, von Jazzmusik und von Raddampfern geträumt.

Am nächsten Tag gab sie ihr Bestes bei der Ahnenkunde-Prüfung und konnte auch alle Fragen beantworten – außer einer. Ihr wollte einfach nicht einfallen, wie alle zehn Kinder von König Arthur aus dem Kastanienreich hießen. Sie gab die Prüfung also ab, ohne den zehnten Namen aufgeschrieben zu haben.

Nicht einmal zwei Minuten nach der Prüfung fiel er ihr wieder ein: Arabella. Da war es aber schon zu spät.

»Nun mach dir doch wegen eines einzigen Namens nicht solche Gedanken«, versuchte Lizzy sie zu beruhigen. »Deswegen wirst du wohl kaum durchfallen.«

»Das hoffe ich wirklich. Ich will doch unbedingt nach New Orleans.«

»Das wirst du auch. Und nun denk nicht mehr an die Prüfung, wir haben sie hinter uns. Nun kommt nur noch Literatur der Märchenwelt und wir haben es geschafft.«

»Ja, endlich.« Vor der letzten Prüfung hatte Rosaly keine Angst, denn Märchen waren ihre große Leidenschaft.

Wie erwartet meisterte sie zehn Tage später die Prüfung ohne Probleme, und dann konnte sie endlich durchatmen.

»Lizzy, wir haben es tatsächlich hinter uns. In nur zwei Wochen ist die große Abschlussfeier.« Auf dieser Feier wurden ihnen die Kronen verliehen, alle Eltern würden extra angereist kommen und die Prinzessinnen nach der Abendgala noch einmal mit nach Hause nehmen. Dort durften sie ein letztes Wochenende bei ihren Familien verbringen, bevor sie auf ihr Magical gingen.

»Und dann beginnt das große Abenteuer«, sagte Lizzy strahlend.

»Ich werde dich so vermissen.«

»Ich dich auch, Rosaly.«

»Möchtest du wirklich nicht mit zu mir kommen und am Frühlingsball teilnehmen?«

»Ich würde so gern, aber ich muss dieses letzte Wochenende einfach zu Hause verbringen. Meine Mutter ist so traurig in letzter Zeit, ich darf ihr die letzten Tage mit mir nicht verwehren.«

»Sie könnte doch auch mit zu dem Ball kommen.«

»Das ist eine schöne Idee, Rosaly, aber ich verbringe das Wochenende lieber allein mit meinen Eltern. Ich weiß, sie haben mir noch so viel zu sagen.« Sie lachte. »Ich weiß jetzt schon, dass sie mir eine Million guter Ratschläge mit auf den Weg geben werden. Sei mir bitte nicht böse, ja?«

»Ich könnte dir niemals böse sein. Ich kann es doch verstehen. Mir wirst du nur mindestens genauso fehlen wie ihnen.«

»Wir haben doch noch zwei gemeinsame Wochen. Und an unserem letzten Abend auf der Crown gehen wir noch einmal gemeinsam im Garten spazieren, so wie wir es immer so gerne getan haben, ja?«

Rosaly nickte und wurde ganz melancholisch. Ohne Lizzy würde es nicht dasselbe sein. Wem würde sie sich denn nur anvertrauen, wenn sie Sorgen hatte, wen fragen, ob ihr ein neues Kleid stand? Ob sie wohl in New Orleans auch eine Freundin haben würde? Selbst wenn, wusste sie schon jetzt, dass sie sie niemals so ins Herz schließen würde wie Lizzy.

Die Zeit verging und der Tag der großen Abschlussfeier kam. Bei der Ehrung saßen ihre Eltern, Dornröschen und Prinz Philipp, neben denen von Lizzy. Sie sahen sehr stolz aus, als ihr die Krone aufgesetzt wurde.

»Nun ist meine Tochter wirklich erwachsen«, sagte ihr Vater nach der Verleihung und sah sie mit Tränen in den Augen an.

»Philipp, du wirst ja richtig sentimental«, sagte Dornröschen und musste schmunzeln.

»Das darf ich doch wohl auch, wenn meine einzige Tochter in die Reale Welt geht, oder?«

»Aber natürlich, mein Lieber.« Sie tätschelte ihm den Arm. Dann umarmte sie Rosaly liebevoll und gratulierte ihr zu den bestandenen Prüfungen.

Ihre Sorgen waren vollkommen unbegründet gewesen, sie hatte sogar als Jahrgangsbeste abgeschlossen und musste zugeben, dass sie ein klein wenig stolz war.

Sie verbrachten einen heiteren Abend mit Tanz und Gesang und fuhren dann in ihrer königlichen Kutsche aufs Schloss. Rosaly war todmüde und begab sich sogleich ins Bett, aber nicht ohne vorher noch die Köchin zu wecken. Margot war nämlich seit ihrer Kindheit einer ihrer Lieblingsmenschen.

»Prinzessin Rosaly, da seid Ihr ja. Wie schön Ihr ausseht«, sagte die weißhaarige Frau im Halbschlaf. »Danke, dass Ihr mich geweckt habt.«

»Ich habe es doch versprochen. Nun schlaf weiter. Morgen komme ich runter in die Küche und erzähle dir alles von der großen Feier.«

Margot lächelte und streichelte Rosaly glücklich über die Wange. Ja, sie war ein weiterer Mensch, den sie sehr vermissen würde, wenn sie in New Orleans war. Oje, ob sie die Sehnsucht nach zu Hause und der Familie ertragen würde? Nun ging sie aber erst einmal schlafen, es war ein aufregender Tag gewesen, sie hatte sich etwas Erholung verdient. Morgen würde sie sich weiter Gedanken machen können über ihr Magical, Amerika, die Liebe und die Zukunft.

Kapitel 4

Als Rosaly am nächsten Morgen nach einem Frühstück im Bett ganz verschlafen die Schlosstreppe hinunterkam, stand in der Halle ihr Bruder William mit einem breiten Grinsen. Er hielt seine Arme weit auf und rief: »Komm her, Schwesterchen!«

»William!«

Sie sprintete die letzten Treppen hinunter und sah sich gleich nach ihrer Mutter um, die ihr unpassendes Verhalten auf keinen Fall sehen durfte. Da diese aber nicht in der Nähe war, lief Rosaly ihrem großen Bruder in die Arme und ließ sich ganz fest drücken.

»Wie ich sehe, verschläfst du immer noch den halben Tag. Wie soll das nur in der Realen Welt werden?«, fragte er belustigt.

»Wir waren erst im Morgengrauen hier«, verteidigte sie sich.

»Und du hast mich nicht geweckt, das werde ich dir niemals verzeihen. Margot dagegen hat mir schon brühwarm erzählt, dass du sie gleich begrüßt hast.«

»Es schickt sich nicht für eine Lady, ins Zimmer ihre Bruders zu gehen und diesen aus seinem wohlverdienten Schlaf zu reißen.«

»Gib´s schon zu, du hattest Angst vor einer Kitzelattacke.«

Sie musste lachen, als sie sich an die Kitzelattacken erinnerte, mit denen William sie früher immer überrascht hatte, als sie noch kleine Kinder waren. Das war jedoch lange her.

»Glaubst du nicht, dass wir ein wenig zu alt für solch ein Verhalten sind?«

»Dafür doch nicht!«, sagte er und begann, sie zu kitzeln.

Sie befreite sich aus seinen Fängen und lief davon, er ihr nach.

»Sagt, was geht denn hier vor?«, fragte sogleich Prinz Philipp, der mit einem Buch in der Hand aus der Bibliothek trat.

»Gar nichts«, entgegnete William sofort und blieb stocksteif stehen. Die Unschuld in Person.

»Macht ruhig weiter, es erfreut mein Gemüt, euch so fröhlich zu sehen.« Er sah ein wenig betroffen von einem zum andern. »Vielleicht ist dies das letzte Mal.«

»Was meinst du, Vater?«, fragte Rosaly.

»Nun, du gehst hinaus in die große weite Welt und William ...«

Fragend sah Rosaly ihren Bruder an. »Was ist mit William?«

»Nun, dein Bruder wird sehr bald heiraten und auf sein eigenes Anwesen ziehen. Dann wird alles anders sein.«

»Oh, Vater. Bitte sprich nicht so. Nichts wird sich ändern«, widersprach William.

Ihr Vater lächelte traurig, er wusste es ja doch besser.

»Nun geht hinaus, eure Mutter suchen. Fragt, ob ihr ihr bei den Vorbereitungen für den Ball helfen könnt.«

»Ja, Vater.« William grinste, zog an Rosalys Schleife und lief davon.

»Na, warte!«, rief sie und war schon hinter ihm her.

Draußen fanden sie ihre Mutter, die zusammen mit dem Dienstmädchen Dorothy Blumen pflückte.

»Können wir dir helfen, Mutter?«

Dornröschen lächelte. Sie sah auch heute nicht viel älter aus als am Tag ihrer Hochzeit. Ihr goldenes Haar glänzte wie eh und je, ihre Augen strahlten vor Liebe und Wärme.

»Gerne, ihr Lieben. Könntet ihr ein paar Dutzend gelbe Rosen von den Sträuchern abschneiden?«

Sie deutete zum Garten, wo die schönsten Blumen des ganzen Königreichs blühten. Für gewöhnlich ließen sie Blumen für Feierlichkeiten liefern, nur für ganz besondere Anlässe opferten sie ihre eigenen preisgekrönten Rosen. So langsam wurde Rosaly nervös. Erst die Andeutungen ihres Vaters, dann die Rosen ...

»Sag, William, gedenkst du wirklich schon so bald zu heiraten?«, flüsterte sie ihm zu, als sie bei den Beeten waren.

William machte ein ernstes Gesicht. »Unser Vater hätte es gerne so. Er möchte, dass ich mir heute auf dem Ball eine Braut aussuche. Alle heiratsfähigen Prinzessinnen von Fairyland sind eingeladen.«

»Dann ist dieser Ball also gar kein Abschiedsball für mich, sondern eine Brautschau für dich?« Sie musste zugeben, dass sie ein wenig gekränkt war.

»Beides, denke ich.«

»Nun, du scheinst dem Ball aber nicht sehr entgegenzusehnen.«

»Weil Vater will, dass ich mir eine Prinzessin aussuche, die im letzten Jahr ihr Magical absolviert hat. Ich aber ...«

Gespannt sah Rosaly ihren Bruder an. Sie sahen sich so selten, dass sie manchmal das Gefühl hatte, alles Wichtige in seinem Leben zu verpassen.

»Aber das ist es nicht, was du im Sinn hast? Gibt es etwa schon eine Auserwählte?«

Williams Gesicht erhellte sich. »Es gibt da eine, die ich gut leiden kann, ja.«

»Wer ist es? Erzähl es mir sofort oder ich folge dir für den Rest des Wochenendes auf Schritt und Tritt!«

»Das würde mich nicht stören. Du wirst mir nämlich ganz schön fehlen, wenn du erst mal in der Realen Welt bist, Schwesterchen.«

»Nun lenk nicht vom Thema ab, William. Wer ist sie? Kenne ich sie?«

»Könnte gut sein.«

»Du bist so gemein, dass du es so spannend machst. Na gut, dann sag es mir halt nicht. Dann verrate ich dir auch nicht, wo es für mich auf mein Magical hingeht.«

»Das weiß ich doch schon längst. Nach New Orleans.«

Natürlich. Ihre Eltern hatten es ihm bereits berichtet. William legte nun die Blumen ab, stellte sich auf und blickte über die Wiesen, auf denen ein Einhorn mit seinen Jungen umhersprang.

»Was ist, William?«

»Ich muss zugeben, ich beneide dich.«

»Mich? Aber warum denn?«

»Du hast eine fabelhafte Zeit vor dir. Ich sage dir jetzt etwas, Rosaly, und ich hoffe, dass du dir meine Worte zu Herzen nimmst. Wenn du da draußen bist, in der Realen Welt, genieße jeden Moment. Es ist so schnell wieder vorbei.«

Erstaunt sah sie ihren Bruder an. »Es kommt mir beinahe so vor, als würdest du es vermissen.«

»Oh, das tue ich. Mit jeder Faser meines Körpers. Es war einfach ... die Zeit in Kiew war unglaublich. Man fühlt sich so ... so frei von allen Verpflichtungen. Man kann tun und lassen, was einem gefällt. Und dieses Essen erst! Du musst unbedingt mit den Händen essen.«

Sie musste lachen. »Wie bitte?«

»Die Menschen der Realen Welt essen vieles mit den Händen. Burger, Gebäck, Obst. Nicht wie wir hier, die alles mit goldenen Gabeln und Messern essen. Es macht Spaß.« Er grinste sie an.

»Gut, ich werde es probieren. Isst man Pizza auch ohne Besteck?«

»Klar.«

»Du hast welche probiert? Ist sie köstlich? Und isst man sie wirklich mit den Fingern?« Mit großen Augen starrte sie ihren Bruder an, der so viel mehr wusste als sie.

William nickte. »Es wird dir gefallen, da bin ich mir ganz sicher.«

»Kommt mit rein, Kinder. Seid so gut und bringt die Rosen in den Ballsaal, ja?«, rief Dornröschen ihnen zu.

Sie begaben sich zurück zum Schloss.

»Wenn du die Chance hättest, noch einmal zurückzukehren in die Reale Welt, würdest du es tun?«, fragte Rosaly.

William wagte es nicht, sie anzusehen, als er sprach. »Wie gesagt, gibt es hier jemanden, den ich sehr mag und nicht missen möchte. Ich will aber ehrlich mit dir sein. Als ich in Kiew war, habe ich nicht nur einmal darüber nachgedacht, dort zu bleiben.«

»In der Realen Welt? Für immer?« Rosaly war höchst schockiert. »Was hat dich letztlich davon abgehalten?«

»Das hier.« Er machte eine Geste, zeigte über die Hügel und Felder des Königreiches. »Eines Tages wird das alles mir gehören. Ich werde Vaters Thronfolger sein. Würde das allerdings nicht von mir erwartet werden ...«

Rosaly konnte nicht glauben, was ihr Bruder da sagte und erst recht konnte sie seinem Blick nicht trauen. »Du willst also sagen, dass du es verstehen würdest, wenn ich mich dazu entschließen sollte, zu bleiben?«

William sah sie an, fing dann jedoch an zu lachen. »Du doch nicht, Schwesterchen. Du bist viel zu artig für derartige Einfälle.«

Gemeinsam gingen sie ins Schloss, wo bereits alles für den Ball vorbereitet wurde. Ihr vorerst letzter Ball in Fairyland.

Kapitel 5

Das Wochenende verging viel zu schnell. Rosaly wurde mit jeder Stunde wehmütiger. Wie sehr sie ihre lieben Eltern und ihren Bruder doch vermissen würde. Und die gute alte Margot. Zum Abschied vergoss die gute Seele des Schlosses viele Tränen. Dornröschen war sehr tapfer und wünschte ihr nur viele wundervolle Erfahrungen, doch Prinz Philipp musste sich ebenfalls abwenden, damit niemand seine feuchten Augen sah. So rührselig kannte Rosaly ihren Vater gar nicht, es freute sie aber sehr, dass er sie scheinbar so sehr liebte, dass ihr Weggang ihn zu Tränen rührte.

William flüsterte ihr beim Abschied noch etwas ins Ohr und erinnerte sie ans Essen mit den Händen. Sie musste lachen.

Guter William. Den ganzen Abend hatte sie versucht herauszufinden, wer denn wohl seine Herzensdame war. Es waren viele Prinzessinnen anwesend gewesen, welche aus dem letzten Jahrgang und auch welche aus diesem. Sie hatte sogar einige ihrer Freundinnen entdeckt, die ihren letzten Tag mit der Familie hier auf ihrem Ball verbrachten. Sie bedauerte es sehr, dass Lizzy nicht auch gekommen war. Aber so hatte sie mehr Zeit, William zu beobachten, den sie jedoch einmal aus den Augen verlor. Später sah sie ihn aus dem Garten die Stufen hinaufkommen. Sie versteckte sich hinter einer Mauer, wie sie es früher immer getan hatte, wenn sie Räuber und Gendarm spielten. Dass Wanda kurz nach William dieselben Stufen erklomm, musste doch Zufall sein, oder? William hatte Arielles Tochter ihr gegenüber kein einziges Mal erwähnt und andersherum war es genauso. Nein, es war nur Zufall, ganz gewiss.

»Komm gesund heim, mein Kind«, sagte Dornröschen noch einmal und umarmte Rosaly.

»Keine Sorge, Mutter. Ich passe gut auf mich auf.«

Sie hatte schon am Tag zuvor ein langes Gespräch mit ihrer Mutter geführt. Diese war der Meinung, man sollte sein Leben, ja, jede Minute voll auskosten, seit sie sich in ihrer Jugend an einer Spindel gestochen und viele Jahre ihres Lebens verschlafen hatte. Nachdem ihr Prinz sie wachgeküsst hatte, war sie die glücklichste Prinzessin von ganz Fairyland und wünschte sich für ihre Kinder nur das Beste und dass auch sie ihr Glück fanden.

Rosaly stieg in die Kutsche und winkte zum Abschied, bis sie weit über die Hügel waren und sie ihre Familie nicht mehr sehen konnte. Eine kleine Träne musste sie sich auch verdrücken, doch dann überwogen die Aufregung und die Vorfreude. Sie konnte es kaum erwarten, Lizzy wiederzusehen, um mit ihr zu planen, was sie alles in der Realen Welt machen wollten. Zu schade, dass sie nicht gemeinsam auf diese Reise gehen konnten.

Zurück auf der Crown, gab es auch schon das Abendessen.

»Wie war dein Wochenende?«, fragte Lizzy, sobald sie an der langen Tafel saßen. »Du musst mir alles von dem Ball erzählen!«

»Er war einfach traumhaft. Du hast wirklich was verpasst, Lizzy. Vor allem die Tatsache, dass der Ball dazu gedacht war, eine Braut für meinen Bruder zu finden.«

»Tatsächlich? Nun, William ist einundzwanzig, das perfekte Heiratsalter für einen Prinzen, nicht?«

»Nur das ...«

Lizzy sah sie neugierig an. »Nur dass was? Nun spann mich nicht auf die Folter!«

Ihnen wurde der erste Gang – eine Petersilienwurzelsuppe – serviert.

»Nun, William hat sich seine Braut anscheinend bereits auserwählt.«

»Ja? Wer ist es?«

»Das will er mir nicht verraten, er macht ein großes Geheimnis daraus. Wenn ich aber raten sollte, würde ich sagen, es ist eine Prinzessin aus unserem Jahrgang.«

Lizzy stand der Mund weit offen. »Aus unserem Jahrgang? Das würde ja bedeuten, dass er ganze sechs Monate auf seine Liebste warten muss, während diese auf ihr Magical geht.«

»Er wird warten. So, wie sich sein Gesicht erhellte, als er an sie dachte, würde er noch viel länger warten.«

»Wie wundervoll die Liebe doch sein muss. Ich wünsche mir sehr, dass ich sie eines Tages auch erfahren darf.«

»Es hat noch jede Prinzessin ihren Prinzen gefunden, Lizzy«, sagte Rosaly.

Sie aßen ihre fünf Gänge – schön mit Messer und Gabel – wobei Rosaly immer wieder daran denken musste, was William ihr zu den Essgewohnheiten der Menschen in der Realen Welt gesagt hatte. Dass sie mit den Händen aßen. Aber Suppe würden sie doch kaum auf diese Weise zu sich nehmen können. Ob sie die Suppe einfach aus dem Teller schlürften? Wie die Hunde? Die Reale Welt gab ihr mehr und mehr Rätsel auf, aber schon morgen dürfte sie sich endlich selbst ein Bild machen.

Nach dem Essen gingen Rosaly und Lizzy noch im Burggarten spazieren, ineinander gehakt, ihre letzten gemeinsamen Stunden. Sie betrachteten den Mond, der voll und hell am Himmel stand, und schworen sich, in Amerika immer aneinander zu denken, wenn sie den Mond ansahen.

»Du wirst mir so fehlen«, sagte Rosaly zu ihrer besten Freundin.

»Ich werde dich auch schrecklich vermissen. Aber in sechs Monaten sehen wir uns schon wieder.«

»Versprich mir, dass du zurückkommst, Lizzy.«

Lizzy lachte. »Ach, Rosaly. Was sollte ich denn sonst tun?«

»Ich habe nur Angst, dich nie wiederzusehen, was würde ich denn ohne dich tun?«

»Wir werden uns wiedersehen, das verspreche ich.«

Sie begaben sich in ihre Gemächer, zum allerletzten Mal.

Am nächsten Morgen war Rosaly schon früh wach. Die Aufregung hatte sie die ganze Nacht nicht richtig schlafen lassen. Nun zog sie sich ihr schönstes und liebstes Kleid an, es war rosa mit vielen aufgenähten großen, flauschigen, rosa Rosen.

Nach dem Frühstück wurde ihnen gesagt, dass sie leider alles Gepäck hier in Fairyland lassen mussten, sie durften lediglich ein oder zwei kleine Lieblingsgegenstände mitnehmen. Dazu würden sie einen Beutel bekommen, der alles Wichtige beinhaltete.

»Wir dürfen kein Gepäck mitnehmen?« Rosaly war schockiert. »Ich habe doch extra alles gepackt.«

»Ich auch«, sagte Lizzy enttäuscht. »Meine Mutter hat mir dabei geholfen. Das hätten sie uns aber auch früher sagen können, dann hätten wir die Zeit sinnvoller genutzt.«

Mrs. Wonderful ermahnte sie zur Ruhe und sammelte die Gegenstände ein, die jede gedachte mitzunehmen. Rosaly sah, wie Lizzy eine Kette und das blaue Haarband ihrer Mutter abgab, sie selbst wollte nur ihre Lieblingsbürste mitnehmen, die ihre Mutter ihr zum sechzehnten Geburtstag geschenkt hatte. Eigentlich brauchte sie gar nichts Materielles, das sie an sie erinnerte, denn eines hatte sie immer dabei und das konnte ihr keiner nehmen.

Sie begaben sich zum Portal und sollten alle noch einmal die fünf goldenen Regeln aufsagen.

»Kleide dich stets in fröhlichen Farben. Singe stets ein heiteres Lied. Spreche stets ein freundliches Wort. Lächle stets ein gütiges Lächeln. Erzähle stets ein romantisches Märchen.«

Rosaly schwor sich selbst, sich immer an die Regeln zu halten. Dann hielt sie noch einmal Lizzys Hand und wurde aufgerufen. Vorsichtig ging sie auf das Portal zu, das sich drehte und sie mit seinem grellen, rosa Licht magisch anzog.

Sie winkte allen noch einmal zu, hob einen Fuß, schloss die Augen und trat hindurch.

NEW ORLEANS

Kapitel 6

Die Sonne blendete sie, als sie die Augen wieder öffnete. Sie sah sich um und erkannte alte, meist weiße Gebäude mit Balkonen, die diese in den oberen Etagen gänzlich umrandeten. Auf den Balkonen standen und hingen Blumentöpfe mit den schönsten Blumen und Pflanzen, sie sah auch Efeu, das die Fassaden hinaufwuchs.

Hm. So hatte sie sich die Reale Welt überhaupt nicht vorgestellt. Alles wirkte nämlich ganz altmodisch und idyllisch, da war überhaupt nichts von der Moderne, von der Lizzy ihr erzählt hatte. Sie sah weder Hochhäuser noch Flugzeuge, und der erwartete Straßenlärm war auch nicht vorhanden. Diese Autos, von denen sie schon gehört hatte, waren zwar anwesend, allerdings nicht viele von ihnen, und sie rasten auch nicht durch die Straßen, sondern fuhren ganz gemächlich daher. Und sogar Kutschen sah sie und weiße Pferde, mitten in der Moderne. Wie wundervoll!

Sie drehte sich im Kreis und betrachtete die Menschen. Es waren unglaublich viele dunkelhäutige zu sehen, deren Teint dem von Jasmin oder Pocahontas glich. Auch schienen die Leute so fröhlich, sie unterhielten sich an Straßenecken, ein paar ältere Männer saßen auf einer Parkbank und lachten. Eine Mutter mit zwei Kindern spazierte durch das Viertel.

Rosaly ging auf sie zu.

»Guten Tag«, sagte sie schüchtern.

»Hallo«, erwiderte die Frau und betrachtete sie lächelnd. »Sie haben aber ein schönes Kleid an. Sind Sie auf dem Weg zu Ihrer Hochzeit, oder wie?«

Die beiden kleinen Mädchen sahen sie ebenfalls an, sie schienen ganz verzaubert.

»Oh, nein.« Sie lachte. »Ich bin neu in der Stadt und frage mich, ob ich hier überhaupt richtig bin.«

»Wo wollen Sie denn hin?«

»Nach New Orleans.«

Nun war die Frau dran mit Lachen. Sie strich sich eine rote Haarsträhne hinters Ohr und schmunzelte. »Also, in New Orleans sind Sie schon mal. Das hier ist das French Quarter.«

»Oh. Leben hier viele Franzosen?«

»Nicht dass ich wüsste. Nicht mehr zumindest. Aber die Stadt wurde ja von den Franzosen gegründet. Wo genau wollen Sie denn hin? Kann ich Ihnen vielleicht weiterhelfen?«

Rosaly überlegte. Was sollte sie der netten Frau sagen? Sie wusste ja selbst nicht genau, wohin. Ihr einziger Anhaltspunkt war New Orleans gewesen. Vielleicht sollte sie sich erst einmal den Inhalt ihres samtenen, rosafarbenen Beutels ansehen. Vermutlich würde dieser sie weiterbringen.

»Das ist sehr freundlich von Ihnen, aber ich werde schon finden, wonach ich suche.«

»Na gut, dann haben Sie noch einen tollen Tag.« Sie betrachtete sie noch einmal von oben bis unten. »Dürfte ich ein Foto von Ihnen zusammen mit meinen Töchtern machen?«, fragte sie dann.

Wenn Rosaly doch nur wüsste, was ein Foto war. Weil sie aber nicht unhöflich sein wollte und weil die Frau so freundlich gewesen war, lächelte sie und nickte. Sie würde schon erfahren, was es mit diesem Foto auf sich hatte.

Die Mädchen jubelten und stellten sich links und rechts an ihre Seite. Die Frau holte ein kleines, rechteckiges Ding aus der Hosentasche, hielt es sich eine Armlänge weit vors Gesicht und drückte einen Knopf.

»Das war wirklich nett von Ihnen, danke.«

»Gerne«, sagte Rosaly, verabschiedete sich und schritt voran.

An einem kleinen Park machte sie Halt, setzte sich auf eine der weißen, schnörkeligen, gusseisernen Bänke und öffnete ihren Beutel. Er beinhaltete neben ihrer Bürste einige Dokumente und Zertifikate, einen Ausweis, in dem ihr Name stand, und ein Bündel Geldscheine. Ach ja, von diesem Papiergeld hatte Mr. Everafter ihnen erzählt. In der Realen Welt bezahlte man wohl damit anstelle von Goldmünzen. Sie betrachtete diese Scheine genauer, auf ihnen waren neben den Köpfen von Herren, die sie nicht kannte, verschiedene Zahlen abgebildet, eine Eins, eine Fünf, eine Zehn, eine Zwanzig, eine Fünfzig oder eine Hundert. Sie würde später Näheres über ihren Wert herausfinden müssen.

Plötzlich vernahm sie fremde Klänge. Als sie genauer lauschte, realisierte sie, dass es sich um Musik handelte, solche, wie sie sie einmal im Unterricht gehört hatte. Jazzmusik.

Freudig sprang sie auf und folgte den Tönen, bis sie an einen Platz kam, an dem drei Männer musizierten: ein junger Mann spielte Trompete, ein zweiter, wesentlich älterer und dunkelhäutiger Mann, spielte Saxophon, und ein dritter, ebenfalls mindestens siebzig, spielte Kontrabass und sang ein Lied, in dem es um eine Frau ging, die ihrem Mann nachweinte, der sie wohl verlassen hatte.

Rosaly stellte sich zu den wenigen Leuten, die sich das Musikstück ansahen. Als die Männer ihren letzten Ton spielten, war sie bereits hin und weg. Sie klatschte am lautesten von allen.

Der Jüngere der Männer sah sie an und lächelte. Rosaly war der Meinung, dass er sehr gut aussah mit seinem dunkelbraunen Haar und den blauen, strahlenden Augen. Er trug eine dunkle

Hose und ein weißes, kurzärmeliges Hemd, von dem die oberen drei Knöpfe offenstanden. Rosaly musste sich selbst ermahnen, nicht zu sehr auf den Ansatz seiner männlichen Brust zu starren. Sie konnte die Muskeln erahnen und sie fühlte sich gleich ganz schwindlig.

Auch wenn sie sich lieber auf die Suche nach einer Unterkunft oder nach etwas zu essen hätte machen sollen, so konnte sie doch nicht anders, als den Männern weiter zuzuhören – und zuzuschauen. Der Mann mit der Trompete hatte ihre volle Aufmerksamkeit.

Als die Musiker irgendwann eine Pause machten, kam er auf Rosaly zu. Sofort errötete sie.

»Hi«, sagte er und grinste. »Ich bin nicht drum herum gekommen, zu bemerken, dass du mich die letzte halbe Stunde angestarrt hast.«

Sie sah den jungen Mann an, der sie so unförmlich ansprach. Sie beschloss, es ihm gleichzutun.

»Oh, verzeih bitte. Das war nicht meine Absicht. Ich bin nur sehr beeindruckt von dieser Musik.«

»Das freut mich zu hören.«

»Weißt du, da wo ich herkomme, kennen wir diese Art von Musik nicht.«

»Ich habe jetzt eine kleine Pause und wollte etwas essen gehen. Hast du vielleicht Lust, mich zu begleiten?«

Rosaly hatte das Gefühl, dass ihre Beine jeden Moment wegsacken würden. Hatte dieser Mann sie etwa gerade zum Essen eingeladen?

»Ich würde sehr gerne mit dir essen gehen«, sagte sie schüchtern.

»Aber?«

»Kein Aber.«

Er lächelte. »Na, dann lass uns hinüber in den Gumbo-Schuppen gehen. Du magst Gumbo?«

»Auch das gibt es bei uns nicht. Ich weiß es also leider nicht.«

»Dann lade ich dich jetzt auf dein allererstes Gumbo ein und beim Essen erzählst du mir, woher du eigentlich kommst, du hast mich nämlich sehr neugierig gemacht.«

Er hielt ihr seinen Arm hin und sie hakte sich bei ihm ein, um ihm zum Gumbo-Schuppen zu folgen, was auch immer das sein sollte.

Kapitel 7

Der Gumbo-Schuppen entpuppte sich als ein rustikales Restaurant mit Holzmöbeln, in dem Gumbo serviert wurde. Gumbo wiederum entpuppte sich als ein köstliches, sehr würziges Gericht aus Reis, Gemüse, Hühnerfleisch, Wurst und Garnelen.

»Schmeckt es dir?«, fragte der junge Trompeter, der sich inzwischen als Henry vorgestellt hatte.

»Es ist köstlich«, antwortete Rosaly. Sie wunderte sich jedoch ein wenig, hatte William nicht gesagt, man esse in der Realen Welt mit den Fingern?

»Nun musst du mir aber verraten, wo du herkommst.« Er sah sie neugierig an und schaufelte sich einen Löffel Gumbo in den Mund.

Sie musste kurz überlegen. Mrs. Happy und Mr. Everafter hatten ihnen so oft gesagt, dass sie, wenn sie in die Reale Welt gingen, niemals, auf keinen Fall, unter gar keinen Umständen preisgeben durften, woher sie wirklich kamen. Denn erstens würde man es ihnen doch nicht glauben, und zweitens war es ja gerade ihre Aufgabe, Magie zu verbreiten, ohne zu offenbaren, dass sie Märchenprinzessinnen waren.

»Paris«, sagte sie also, denn sie hatte die französische Sprache schon immer sehr gemocht und sich insgeheim gewünscht, nach Paris geschickt zu werden. Da sie fließend Französisch sprach, würde ihr wohl niemand auf die Schliche kommen.

»Oh, Frankreich? Ehrlich? Ich höre gar keinen französischen Akzent heraus.«

Sie errötete ein wenig, als sie zustimmend nickte. Lügen war ein schlimmes Vergehen, aber was sollte sie denn sonst tun? Was blieb ihr anderes übrig?

»Und woher kommst du?«, fragte sie, um abzulenken.

»Ich bin in einem kleinen Kaff namens Thibodaux, keine sechzig Meilen von New Orleans, aufgewachsen.«

»Wie ist es so in Thibodaux?«

»Da fällt mir nur ein Wort ein: langweilig.« Henry lachte. »Ich bin froh, jetzt hier zu sein.«

»Und du bist also Straßenmusiker?«

»Unter anderem. Eigentlich spiele ich gleich in drei Bands, mit denen ich abends in Kneipen und Restaurants auftrete, auch mal auf Festivals oder Hochzeiten.«

»Du spielst ausschließlich Jazzmusik?«

»In allen drei Bands, ja. Ich mochte Jazz schon immer.«

»Ich auch.« Sie lächelte.

»Ich dachte, du wärst vorhin so fasziniert gewesen, weil ihr Jazz nicht kennt, da wo du herkommst?«

Jetzt saß sie in der Falle.

»Nun, ich sagte lediglich, dass wir Jazz in Fai ... in Paris nicht kennen. Ich meinte damit, dass dort Jazz nicht allzu populär ist. Davon gehört hat man natürlich.«

»Ach so. Nach meiner Pause spiele ich noch ein bisschen weiter mit Joe und Chuck. Magst du uns noch eine Weile zuhören?«

»Eigentlich müsste ich mich auf die Suche nach einer Unterkunft machen, aber ...«

»Du suchst nach einer Wohnung?«

»Oder nach einem Zimmer zur Untermiete. Ich bin heute erst in New Orleans angekommen und weiß noch gar nicht, wo ich übernachten soll.«

»Ich glaube, ich weiß da was.«

»Tatsächlich?«

Henry nickte und blickte ihr über den Tisch direkt in die Augen.

»Zuerst muss ich aber noch eins wissen.«

»Und was?«

»Bist du auf der Flucht? Sucht jemand nach dir?«

»Wir kommst du darauf?«, fragte sie ein wenig überrascht.

»Na, du bist immerhin im Hochzeitskleid unterwegs, so als hättest du es dir vorm Traualtar anders überlegt und wärst abgehauen. Dazu kommt, dass du nicht weißt, wo du bleiben sollst.«

Sie musste nun doch lachen. »Oh nein, Henry. Dies ist weder ein Hochzeitskleid noch war ich jemals verlobt. Ich bin einfach nur auf der Suche nach neuen Abenteuern und hoffe, diese in New Orleans zu finden.«

»Na, da hast du dir aber genau die richtige Stadt ausgesucht. Hm, das erklärt aber immer noch nicht das Kleid.« Er zog eine Augenbraue hoch.

»Es ist mein Lieblingskleid«, gab sie zur Antwort, als erkläre das alles.

Henry schmunzelte und rief die Bedienung, um zu bezahlen. Dann stand er auf und hielt ihr seine Hand hin, die sie nach kurzem Zögern ergriff. Gemeinsam begaben sie sich wieder nach draußen.

»Ich danke dir für das vorzügliche Mahl, Henry.«

»Gern geschehen.«

Als sie auf die beiden älteren Herren mit dunkler, faltiger Haut und weißen Haaren zukamen, pfiff der eine von ihnen schelmisch.

Henry lachte und erklärte ihr: „Das ist Chuck, er ist zwar schon zweiundsiebzig, hat aber noch immer den Schalk im Nacken wie ein kleiner Lausbub."

»Seid ihr gut befreundet?«

»Chuck hat mir das Trompete-Spielen beigebracht. Er ist unglaublich an der Trompete, fast so gut wie am Saxophon.«

»Spielst du auch Saxophon?«, fragte sie interessiert.

»Ich hab`s versucht, aber meine Partnerin ist die Trompete – wir sind eins miteinander.«

Das hatte sie gesehen und gehört.

»Chuck, Joe, darf ich euch Rosaly vorstellen? Sie kommt aus Paris und ist bereits unser größter Fan«, verkündete Henry den beiden.

»Paris! Da wollte meine Annie immer so gerne mal hin. Ich wünschte, ich hätte ihr diesen Traum erfüllen können«, sagte Joe.

Sie lächelte. Wie schön, ein Romantiker. Sie fragte aber nicht, warum nichts daraus geworden war.

»Du bist also unser Fan, ja?«, fragte Chuck.

»Ich bin ganz verzaubert von Ihrer Musik. Henry hat mich eingeladen, noch eine Weile zuzuhören.«

»Oh lala ... unser Henry lädt wahrhaftig nicht jedes hübsche Mädchen dazu ein«, neckte Chuck Henry.

»Sei still, alter Mann!«, ärgerte Henry ihn seinerseits, wobei seine Ohren jedoch ein wenig rot wurden.

»Ich glaube, unser Henry hat seine Traumfrau gefunden«, scherzte nun auch Joe. »Und das Beste ist, sie trägt bereits ihr Hochzeitskleid.«

Nun wurde auch Rosaly verlegen. »Oh, dies ist kein Hochzeitskleid ...«, begann sie, doch Henry sagte gleich: »Sie wollen uns doch nur ärgern.«

»Oh. Ach so.«

»Entschuldigt euch sofort bei Rosaly«, forderte Henry die beiden auf. »Wie ihr euch wieder benehmt, man sollte meinen, in eurem Alter hättet ihr ein manierlicheres Benehmen drauf.«

»Entschuldige bitte«, sagte Joe sogleich und machte ein beschämtes Gesicht.

»Verzeih uns unser unangebrachtes Verhalten«, brachte Chuck unter Kichern hervor.

Rosaly musste lachen. Die beiden erinnerten sie irgendwie an Belles guten Vater Maurice. Der hatte auch nichts als Unsinn im Kopf.

»Ich vergebe euch«, erwiderte sie und machte eine nachsichtige Handbewegung.

»Ich wüsste schon, wie ihr es wieder gutmachen könntet«, sagte Henry nun. »Joe, du hast doch im Dachgeschoss noch das freie Zimmer, oder?«

»Frei kann man das nicht gerade nennen. Da steht allerlei Krempel drin rum. Wieso?«

»Rosaly ist auf der Suche nach einer Unterkunft.«

»Für wie lange?«, erkundigte sich Joe. »Eine Woche? Zwei?«

»Für sechs Monate«, sagte sie und alle drei Männer sahen sie verwundert an.

»Du hast vor, so lange in der Stadt zu bleiben?«, fragte Henry.

Rosaly nickte und die Alten begannen wieder zu pfeifen und verliebte Geräusche zu machen.

Henry ging gar nicht darauf ein, er sah nur Rosaly an, glücklich irgendwie.

»Also, Joe. Was sagst du? Du könntest einem Mädchen aus der Patsche helfen und dir noch was nebenbei verdienen, wie klingt das?«

»Wenn du dich dazu bereit erklärst, das alte Dachzimmer auszumisten, sollte nichts dagegensprechen.«

»Prima.« Henry erklärte sich einverstanden und Rosaly war höchst entzückt. Sie mochte die beiden alten Männer, auch wenn sie ohne Ende herumalberten – oder vielleicht gerade deshalb.

Niemals hätte sie geglaubt, dass das so einfach gehen würde. Sie stand tief in Henrys Schuld.

Kapitel 8

Sie sah der Band noch eine Weile zu und setzte sich dann gegenüber des Platzes auf eine Bank, von wo aus sie noch immer die schwungvollen Klänge hören konnte. Glücklich legte sie den Kopf in den Nacken und ließ sich die Sonne ins Gesicht strahlen.

Irgendwann, als sie sah, dass die Männer ihre Musikinstrumente einpackten, stand sie auf und ging zu ihnen zurück.

Joe fragte: »Und du willst dich wirklich darauf einlassen?«

Verwirrt sah sie ihn an.

»Na, ich meine auf eine Art Wohngemeinschaft mit einem alten Mann wie mir?«

Nun musste Rosaly lächeln. Es hätte doch wahrlich schlimmer kommen können.

»Aber natürlich«, sagte sie.

»Na, dann komm mal mit. Ich zeige dir, wo ich wohne. Es ist auch gar nicht weit von hier.«

Er ging voran und Chuck, Henry und Rosaly folgten ihm. An einer Straßenecke verabschiedete sich Chuck.

»Chuck wohnt bei seiner Tochter und seinen Enkelkindern«, erklärte Henry ihr.

»Hat Joe keine Tochter, bei der er wohnen könnte?«, fragte sie im Flüsterton, damit Joe es nicht hörte.

Henry schüttelte den Kopf. »Nein. Er hat leider nicht das Glück gehabt, Kinder zu bekommen. Er wollte gerne, er und Annie ... aber alle Versuche waren vergebens.«

Das stellte Rosaly sich einfach schrecklich vor. Der unerfüllte Wunsch nach Kindern.

»Möchtest du viele Kinder haben?«, fragte sie Henry frei aus dem Bauch heraus.

Der begann zu husten, als wenn er sich verschluckt hätte, hielt sich die Faust vor den Mund und hustete weiter.

»Alles in Ordnung?«, wollte sie wissen.

»Ich ... ähm ... wow, du bist aber sehr direkt. Ich ... huh ... eigentlich hab ich mir darüber noch keine großen Gedanken gemacht. Ich bin doch erst vierundzwanzig.«

»Meine Mutter hat mit sechzehn geheiratet und ein Jahr später war ich unterwegs«, gab sie preis.

»Wow, das ist früh. Du willst ihr das doch wohl nicht etwa nachmachen, oder?« Er lachte unsicher.

»Dafür ist es wohl zu spät, würde ich sagen. Ich bin bereits achtzehn.«

Henry erwiderte darauf nichts, sah sie nur von der Seite an.

»Heutzutage lässt man sich aber auch ein wenig mehr Zeit. Meinen Eltern war es sehr wichtig, dass ich zuerst die Schule beende. Ich habe meinen Abschluss erst in der letzten Woche gemacht.«

»Na, da gratuliere ich. Und jetzt? Hast du vor, aufs College zu gehen?«

»Nein. Ich möchte ... die Welt entdecken, arbeiten, viele neue, interessante Menschen kennenlernen ...«

»Mit anderen Worten: Du willst dir die Hörner abstoßen.«

Mit gerunzelter Stirn sah sie ihn an. »Ich weiß nicht, was das bedeutet.«

»Na ja, du sagst, du willst viele neue *Menschen* kennenlernen. Eigentlich meinst du aber viele *Männer*, hab ich recht?«

Noch immer verwirrt, sagte sie: »Nein, das meinte ich nicht, ich ...« Plötzlich verstand sie und machte ein schockiertes Gesicht. »Ach du meine Güte! Nein, natürlich nicht! Für wen hältst du mich?«

Ein wenig beleidigt nahm sie Abstand.

»Tut mir leid, es hatte sich so angehört.«

»Nein, Henry. Ich bin ein ehrbares Mädchen. Ich spare mich selbstverständlich bis zu meiner Hochzeit auf.«

»Oh«, machte Henry. »Du bist noch ... Dann tut es mir leid, ehrlich.«

Sie wollte gerade etwas erwidern, als Joe herausposaunte: »Da sind wir! Mein stolzes Heim!«

Rosaly blieb stehen und begutachtete das Haus. Es war nicht im Mindesten so wie die Häuser und vor allem die Schlösser, die sie aus dem Märchenland kannte, dennoch fand sie es ganz bezaubernd. Das Haus hatte zwei Stockwerke sowie ein Fenster im schrägen Ziegeldach, wohl ihr zukünftiges Zimmer. Es war beige gestrichen, die Fensterläden waren hellblau. An der Tür hing ein Schild, dessen Schrift sie nicht entziffern konnte. Als sie jedoch näher trat, las sie:

Herein, herein, wenn Sie kein Geldeintreiber sind!

Sie musste schmunzeln. Ja, das passte zu Joe. Der schloss nun die Haustür auf und machte eine einladende Geste.

Rosaly schritt mit ihrer langen Schleppe die drei Stufen hinauf und trat ein.

Von innen sah das Haus eher schlicht aus, doch trotzdem war es liebevoll eingerichtet. Sie hatte nur das Gefühl, als wäre es etwas in die Jahre gekommen, als wäre es vernachlässigt worden. Das ganze Innere wirkte ein wenig verloren, voll Trauer, einsam.

Bereits im Flur hingen einige Gemälde an den Wänden – Stillleben, die Obst, Blumen oder Bäume zeigten. Als Joe sie ins Wohnzimmer führte, konnte sie noch mehr Bilder entdecken, sie benetzten die ganzen Wände, waren überall.

»Die Bilder hat meine Annie gemalt«, erzählte er stolz.

»Sie sind wunderschön«, sagte sie ganz ehrlich. Sie hatte sich auch am Zeichnen versucht, hatte aber leider kein großes Talent für die Kunst.

»Hier ist die Küche.«

Joe zeigte ihr Raum für Raum. Das Haus war viel kleiner, als man von außen angenommen hätte. Das Erdgeschoss beherbergte lediglich das Wohnzimmer und die Küche, in der ein kleines Chaos herrschte – Kochtöpfe, Teller und Becher waren überall verstreut, anstatt ordentlich in die Regale eingeräumt worden zu sein.

In der ersten Etage waren Joes Schlafzimmer, das Bad und ein weiteres Zimmer, in dem seine Instrumente und ein Schreibtisch untergebracht waren, auf dem sich viele, viele Zettel türmten. Notenblätter, wie sie beim näheren Betrachten erkannte.

»Und dort oben ist das Dachzimmer, von dem Henry gesprochen hat. Ich nutze es schon seit einer ganzen Weile nicht, oder besser gesagt, ich nutze es als Abstellkammer. Seit Jahren, ach, was sag ich, seit Jahrzehnten will ich es schon ausmisten, Annie hat mich sicher tausendmal darum gebeten, es endlich zu tun ...«

»Werde ich Annie auch bald kennenlernen?«, fragte Rosaly. Sie war schon sehr neugierig auf Joes Frau.

»Sie ist vor sechs Jahren gestorben. Der düstere Feind namens Krebs hat sie von mir genommen.«

»Das tut mir schrecklich leid.«

»Danke. Nun komm aber mal mit hoch und sieh dir das Zimmer an, und dann sag mir, ob du es überhaupt noch willst.«

Sie stieg in ihrem pompösen Kleid die schmale Treppe hinauf. Henry folgte ihnen still.

»Ach herrje, dass es so ein Schweinestall ist, hatte ich nicht mehr in Erinnerung. Ganz staubig ist es auch«, sagte Joe entschuldigend.

Rosaly sah sich um und musste lächeln. Der Raum erinnerte sie an eine alte Bibliothek, in der es viele Schätze zu entdecken gab. Es gab ein Regal voller verstaubter Bücher, viele Kisten voll mit Krimskrams, einen Tisch, auf dem Farbutensilien abgelegt waren, Malsachen und Staffeleien, wohin man auch blickte.

»Das bekommen wir schon hin«, sagte Henry nun zuversichtlich. »Ist das da ein Klappbett?«

Joe sah hinüber zu der Ecke, in die Henry zeigte und nickte. »Ja, es hat uns vor vielen Jahren als Gästebett gedient.« Er sah nun Rosaly an. »Du kannst es vorübergehend benutzen, wenn es dir bequem genug ist, oder du besorgst dir ein neues.«

»Es wird schon gehen, vorerst«, entgegnete sie. »Wir haben noch gar nicht über die Miete gesprochen.«

Joe kratzte sich am Kopf.

»Hm, viel kann ich dir wohl nicht abverlangen für dieses Loch. Sagen wir, du gibst mir an jedem Ersten des Monats dreihundert Dollar und kannst dafür die Küche, das Bad und alles andere mitbenutzen? Du bekommst auch ein eigenes Fach im Kühlschrank.«

Rosaly sah zu Henry hinüber, um zu sehen, was er von dem Angebot hielt. Sie kannte sich mit amerikanischem Papiergeld noch überhaupt nicht aus und wusste nicht, ob der Preis angemessen war. Henry jedoch lächelte und nickte ihr ermutigend zu, also sagte sie: »Einverstanden.«

Joe strahlte nun ebenfalls und reichte ihr die Hand. Als sie ihre vorsichtig in seine legte, schüttelte er sie kräftig.

»Ich muss sagen, ich freu mich richtig, dass wieder ein bisschen Leben in die Bude kommt. Ich werde mich jetzt um das Abendessen kümmern. Fangt ruhig schon an, ich rufe euch, wenn es fertig ist.«

Rosaly sah Henry dabei zu, wie er durch die Kisten sah.

»Wo sollen wir mit all den Sachen hin?«, fragte er Joe.

»Das kann alles auf den Müll. Nur Annies Malsachen nicht, die verstaut bitte in Kartons und bringt sie in den Keller.«

Henry nickte und Joe machte sich auf den Weg die Treppen hinunter.

Rosaly lächelte Henry an. Ihr erstes eigenes Zuhause. Im Moment sah es noch nach gar nicht viel aus, aber das hatte sie vor, sogleich zu ändern. Sie war froh, dass sie Henry zu Hilfe hatte.

Kapitel 9

Eine Stunde später saßen sie zu dritt beim Abendessen. Es gab ein schlichtes Mahl, das lediglich aus Brot, Käse und eingelegtem Gemüse bestand, das Joe Mixed Pickles nannte.

»Tut mir leid, dass ich dir nichts Exquisiteres anbieten kann. Ihr Franzosen seid doch solche Feinschmecker.«

»Das macht doch nichts. Ich bin in der Hinsicht sehr bescheiden«, sagte Rosaly.

»Wenn du aber gerne mal was Besonderes essen willst, darfst du es jederzeit kochen. Ich überlasse dir nur allzu gern die Küche.«

Rosaly überlegte. Sie hatten auf der Crown zwar zwei Jahre lang Hauswirtschaftsunterricht gehabt, richtig allein gekocht hatte sie allerdings noch nie. Andererseits – wie schwer konnte es schon sein?

»Ich selbst bin nämlich kein guter Koch«, plauderte Joe weiter. »Meine Annie hat mich über vierzig Jahre lang mit Liebe bekocht, seit sie nicht mehr da ist, ernähre ich mich hauptsächlich von Brot.«

Oh nein. Das konnte sie aber keinesfalls zulassen. Der gute Mann musste doch bei Kräften bleiben und verdiente wenigstens eine anständige Mahlzeit am Tag.

»Was essen Sie denn gerne, Joe?«, fragte sie.

»Hmmm ... lass mich überlegen. Ich habe viele Leibspeisen, aber am allerliebsten mochte ich immer Annies Fried Green Tomatoes. Kannst du die zufällig zubereiten?«

Frittierte grüne Tomaten? Da hatte sie ja noch nie was von gehört. Nach Hilfe suchend sah sie Henry an, der gerade in eine saure Gurke biss und grinste.

»Ich glaube nicht, dass man das in Paris kennt«, kam er ihr zu Hilfe.

»Schade.« Joe machte ein enttäuschtes Gesicht. »Sehr schade.«

»Aber ich kann versuchen, sie zu machen«, sagte Rosaly sogleich, um den alten Mann wieder aufzuheitern. »Irgendwie bekomme ich das schon hin, wenn Sie sie so gerne essen.«

»Das würdest du für mich tun? Da wäre ich dir aber sehr dankbar,« Joe strahlte übers ganze Gesicht.

Rosaly nickte lächelnd und hoffte nur, sie hatte nicht zu viel versprochen.

Sie sah Henry dabei zu, wie er ein Stück Käse in die Hand nahm und davon abbiss und machte es ihm gleich. William hatte also doch recht gehabt:

In der Realen Welt aßen die Leute mit den Händen. Nicht alles, aber doch einiges.

Sie musste an die letzte Stunde zurückdenken, die sie mit Henry oben in dem Dachzimmer allein gewesen war. Es war ein merkwürdiges Gefühl, doch es fühlte sich an, als würde sie Henry schon ewig kennen, so unbeschwert gingen sie miteinander um.

»Sieh dir das an«, hatte er gesagt und hatte ein altes Notizbuch aus einer der Kisten gefischt. Er hielt es zwischen zwei Fingern hoch, da es sehr schmuddelig aussah.

Sie nahm es ihm aus der Hand und öffnete es. Auf den ersten Blick erkannte sie, dass es sich dabei um ein Tagebuch handelte. Schnell klappte sie es wieder zu und sah die anderen Notizbücher durch. »Das sind alles Tagebücher!«, staunte sie.

»Ehrlich? Ich bin mir nicht einmal sicher, ob Joe von ihnen gewusst hat, sie scheinen von Annie zu stammen.«

»Die sollten wir auf keinen Fall wegwerfen. Ich lege sie besser beiseite und gebe sie Joe später.«

Henry stimmte ihr zu. Jetzt beim Essen vergaßen sie beide allerdings, sie zu erwähnen, und spät am Abend, als Rosaly im Bett lag, lagen sie noch immer auf dem alten Schreibtisch, auf denen vorher die Malutensilien gelegen hatten. Henry hatte die Malsachen allesamt in leere Kisten gepackt, die sie nun massig übrig hatten, nachdem sie alles aus den Kisten herausgenommen und in Müllsäcke geworfen hatten – fast alles. Dann hatte er sie hinunter in den Keller getragen.

Sie hatten nach dem Essen und nachdem sie gestärkt waren noch einiges geschafft. Joe hatte Rosaly ein paar alte Sachen von seiner Frau angeboten, die noch immer im Kleiderschrank lagen, und Rosaly hatte ihr Kleid gegen eine verwaschene Jeans und einen leichten Pullover eingetauscht. Sie fühlte sich komisch in dieser Kleidung und fragte sich, was die anderen Prinzessinnen wohl trugen in ihrem neuen aufregenden Leben.

Henry hatte scherzhaft gepfiffen, als sie das oberste Geschoss wieder betrat, nachdem sie sich im Bad umgezogen hatte.

»Was für eine Veränderung. Du hast dich innerhalb von fünf Minuten von einer Märchenbraut in eine Siebzigjährige verwandelt.« Er lachte.

»Haha«, machte sie nur und hängte ihr Kleid auf einen Bügel, den sie ans Bücherregal hängte.

Sie betrachtete die Bücher. »Die sehen aber sehr alt aus.«

»Sind sie wahrscheinlich auch. Falls du gerne liest, wird dir hier bestimmt nicht langweilig.«

»Ich lese durchaus sehr gern. Allerdings bevorzuge ich die klassischen Märchen.«

»Märchen? Ehrlich?«

»Jawohl. Was liest du denn, wenn ich fragen darf?«

»Klar darfst du. Also, ab und zu lese ich schon mal was von Stephen King, allerdings bevorzuge ich die Sportseiten der Tageszeitung«, äffte er sie nach.

Sie sagte nichts, machte sich weiter an die Arbeit. Immer wenn sie aufsah und Henrys Blicke wahrnahm, kribbelte es ganz komisch in ihrem Körper. Dieses Gefühl war ihr unbekannt und machte ihr ein wenig Angst, auch wenn es irgendwie gut war. Jedoch fürchtete sie sich davor, sich in Henry zu verlieben, und das durfte auf keinen Fall geschehen. Nicht an ihrem allerersten Tag in der Realen Welt, und erst recht nicht in einen Mann von hier, den sie doch in sechs Monaten wieder verlassen und danach nie wiedersehen sollte.

Ihr wurde schwindlig und sie musste sich aufs Klappbett setzen, das sie bereits aufgestellt hatten.

»Alles okay?«, fragte Henry und setzte sich zu ihr. »Du siehst auf einmal so blass aus.«

Sie sprang auf. Heiliger Strohsack, auf ein und demselben Bett mit einem Fremden! Mit einem Mann! Sie wich zurück und begann, ein Lied zu summen. Das lenkte sie noch immer von allen Sorgen ab.

»Was summst du da?«, fragte Henry.

»Ein Lied.«

Er schmunzelte. »Ja, das höre ich auch. Was für ein Lied?«

»Du kennst es sicher nicht. Es stammt aus meiner Heimat.« Es war *Once Upon A Dream*, ihre Mutter sang es oft vor sich hin.

»Hört sich schön an.«

»Ich danke dir.«

»Wie sieht es eigentlich mit deinem Gepäck aus? Wo hast du es untergebracht?«

»Ich habe nichts als diesen Beutel dabei.« Sie hielt ihn in die Luft.

»Ha! Hab ich´s doch gewusst! Du bist doch eine Ausreißerin!«

»Bin ich nicht!«

Henry grinste. »Du bist mir ein großes Rätsel, Rosaly.«

Sie lächelte nun. »Ach, ich bin eigentlich gar nichts Besonderes.« Nur dass sie eigentlich eine wahrhaftige Prinzessin war, nur das durfte sie ihm ja leider nicht sagen.

»Oh, ich glaube, das bist du doch. Also, wie hast du dir das gedacht? Willst du die nächsten sechs Monate in deinem Brautkleid herumlaufen oder in den Oma-Klamotten von Annie?«

»Ich werde mir gleich morgen neue kaufen. Kannst du mir sagen, wo ich dies tun kann?«

»Wenn du willst, kann ich dich sogar begleiten und beraten.«

»Musst du denn morgen keine Musik machen?«

»Erst am Abend. Tagsüber hab ich nichts zu tun, ich biete mich also als dein willenloser Shoppingbegleiter an.«

»Nun denn, wenn du es schon so freundlich anbietest.«

Sie strahlte ihn an und ihr wurde wieder bewusst, wie falsch das alles war. Ihre Mutter wäre sicher schockiert, bekäme sie ihr unpassendes Verhalten mit.

»Nun musst du aber gehen, Henry. Den Rest schaffe ich schon allein.«

»Na gut. Wenn du mich wirklich rausschmeißen willst.« Er machte ein verschmitztes Gesicht, erkannte dann aber, dass sie es durchaus ernst meinte und begab sich zur Tür.

»Bis morgen dann«, sagte sie und schlug die Tür hinter ihm zu, kaum dass er den Raum verlassen hatte.

Nein, nein, nein, so ging das nicht. Weg mit diesem Gefühls-Wirrwarr!

Das alles war doch auch nur so aufregend, weil sie zum ersten Mal allein mit einem Mann in einem Raum gewesen war. Eigentlich war sie gar nicht in Henry verliebt, da war sie sich sicher. Es hätte jeder andere Mann sein können und sie hätte genauso empfunden.

Erschöpft von diesem langen und aufregenden Tag legte sie sich ins Bett und konnte doch an nichts anderes denken als an Henry.

Kapitel 10

Als Rosaly am nächsten Morgen erwachte, wusste sie zunächst nicht, wo sie war. Dann jedoch hörte sie von unten liebliche Klänge eines Musikinstruments, das sie nicht kannte. Sie stand auf, zog sich ihr Kleid an, steckte sich die Haare hoch und machte sich auf den Weg nach unten.

»Guten Morgen, Joe«, sagte sie mit einem Lächeln.

»Ja, es ist ein guter Morgen, wenn ich mich schon so früh am Anblick einer solchen Erscheinung erfreuen darf.«

»Ach, Sie alter Schmeichler.« Sie kicherte.

»Hast du Hunger?«

»Was gibt es denn?«, fragte sie.

»Was magst du denn?«, stellte er die Gegenfrage.

»Alles außer Haferschleim.«

Joe verzog das Gesicht. »Den hab ich auch nie gemocht. Was hältst du davon, wenn wir zur Feier des Tages auswärts frühstücken gehen? Ich könnte jetzt gut ein paar Rühreier mit Bacon vertragen.«

»Was wollen wir denn feiern?«, fragte sie überrascht.

»Na, unsere neue Freundschaft. Und den Beginn unserer Wohngemeinschaft. Ich habe vor über fünfzig Jahren das letzte Mal in einer Wohngemeinschaft gewohnt, damals in den Sechzigern, als es uns noch nicht gestattet war, die gleiche öffentliche Toilette zu benutzen wie ihr.«

»Wie wir?«

Oh-oh. Wusste Joe etwa, dass sie adlig war?

»Ja, ja. Wie ihr Weißen. Sag bloß, ihr habt da drüben in Frankreich in der Schule nichts über die Rassenunruhen in den Sechzigerjahren gelernt?«

Sie schüttelte den Kopf.

»Na, dann hab ich dir aber eine Menge zu erzählen. Vorausgesetzt, es interessiert dich, natürlich.«

»Es interessiert mich sehr.« Das tat es wirklich. Sie wollte alles erfahren über diese neue Welt, einfach alles!

»Na, dann lass uns losgehen.«

»Verzeihen Sie, Joe, ich müsste nur noch schnell das Bad aufsuchen und mich frischmachen.«

»Aber natürlich. Ich brauche eh eine halbe Ewigkeit, bis ich mir die Schuhe angezogen habe.«

Er lachte, doch er hatte nicht übertrieben, er war noch immer damit beschäftigt, seine Schnürsenkel zu Schleifen zu binden, als sie zurückkam.

Sie wagte nicht zu fragen, ob sie ihm helfen könne, um seine Würde nicht zu verletzen, und letztlich schaffte er es auch ganz gut alleine – nur halt etwas langsamer.

Dann hielt er ihr seinen Arm hin und sie hakte sich bei ihm ein.

»Jetzt zeige ich dir mal, wo es das beste Frühstück von ganz New Orleans gibt.«

Joe brachte sie in ein hübsches kleines Restaurant, wo eine freundliche, dunkelhäutige Kellnerin mit vielen geflochtenen Zöpfen ihnen die Speisekarte brachte.

»Tolles Kleid!«, sagte sie und Rosaly bedankte sich.

Joe bestellte seine Eier und Rosaly entschied sich für Pfannkuchen mit Ahornsirup. Der Sirup war so lecker, dass sie sich hätte hineinsetzen können.

Als es aber ans Bezahlen ging und sie für sich selbst bezahlen wollte, sagte Joe: »Willst du mich beleidigen? Ich habe doch gesagt, ich lade dich ein.«

»Entschuldigen Sie bitte. Das ist wirklich sehr freundlich von Ihnen.« Sie ließ das Geldbündel wieder los, nach dem sie in ihrem Samtbeutel schon gegriffen hatte.

Sie beschloss, es auf andere Art wiedergutzumachen. Schließlich wollte sie sich irgendwie auch noch bei ihm bedanken, dass er sie bei sich aufnahm. Was hätte sie nur ohne ihn gemacht?

Joe erzählte eine ganze Weile, Geschichten aus seinem Leben, Abenteuer seiner Vergangenheit. Dinge, die sie nicht im Fach Geschichte der Realen Welt gelernt hatte. Irgendwann stand plötzlich Henry vor ihnen an ihrem Tisch.

»Hier seid ihr! Ich habe mir den Finger wundgeklingelt bei euch zu Hause.«

»Wenn niemand aufmacht, könnte man ja auch davon ausgehen, dass niemand da ist«, sagte Joe belustigt.

»Haha.« Henry setzte sich zu ihnen an den Tisch und bat die Kellnerin, als sie vorbeikam, um einen Pott Milchkaffee. »Also, was macht ihr Schönes?«

»Wir frühstücken«, sagte Rosaly. »Ich habe gerade Ahornsirup kennengelernt.«

»Ja? Und? Seid ihr Freunde geworden, du und der Ahornsirup?« Er schmunzelte.

»Die besten«, gab sie zur Antwort.

»Eigentlich war ich gerade dabei, Rosaly von der Demo zu erzählen, bei der ich 1967 mitgemacht habe und bei der meinem Kumpel Wilbur von einem Polizisten das Handgelenk mit einem

Schlagstock gebrochen wurde, als du kamst und uns unterbrachst.«

»Ach, die Geschichte. Die hab ich doch schon an die tausend Mal gehört«, stöhnte Henry. »Und am Ende hast du die Nacht in der Zelle verbracht, zusammen mit dreißig anderen. Das Klo war verstopft und du bekamst Flöhe.«

»He! Wieso machst du mir meine Geschichte kaputt? Das ist nicht fair, du Bengel!«

»Tut mir leid. Ich dachte nur ... eigentlich war ich nämlich heute mit Rosaly verabredet. Aber wenn ich sehe, dass du mittendrin in deinen Sechzigerjahre-Geschichten bist, dann wird mir klar, dass daraus wohl nichts mehr wird.«

»Das wusste ich nicht.« Joe lehnte sich zurück und verschränkte die Arme vor der Brust. Er machte ein bekümmertes Gesicht.

Henry seufzte. »Na, erzähl schon weiter. Ich warte dann halt so lange.«

Er lehnte sich ebenfalls in seinem Stuhl zurück und drehte Däumchen.

Die ganze Zeit über hatte Rosaly nichts gesagt, den beiden Männern nur fasziniert dabei zugesehen, wie sie sich zankten. Doch nun erzählte Joe schon wieder weiter und Henry lächelte. Dieses Spiel war wohl eins, das die beiden nur allzu gerne spielten.

»Wilbur stellte sich hin, als wäre er Martin Luther King höchstpersönlich und hatte alle Augen und Ohren auf sich gerichtet ...«

Joe erzählte wirklich noch eine halbe Ewigkeit und hätte sicher den ganzen Tag lang weitererzählen mögen, wäre da nicht Chuck aufgetaucht.

»Lust auf eine kleine Jam-Session?«, fragte er freudig.

»Na, da bin ich doch dabei, wenn es dir nichts ausmacht, dass ich dich jetzt dem Dussel hier überlasse«, wandte Joe sich an Rosaly.

Sie lächelte ihn warm an. »Aber natürlich nicht. Ich danke Ihnen für die spannenden Geschichten.«

»Hey, wieso bin ich bitte ein Dussel?«, fragte Henry jetzt empört.

»Na, weil du Grützkopf einen Tag mit dieser Schönheit hättest verbringen können, ihn aber lieber damit verbracht hast, dir zum tausendsten Mal dieselben Geschichten anzuhören.«

Joe und Chuck lachten, selbst Rosaly konnte sich einen Lacher nicht verkneifen, Henry aber schaute böse drein.

»Na, warte, das wirst du mir büßen. Wenn ich dir wieder mal den Rücken einschmieren soll, werde ich statt deiner Rückencreme Brennnesseln nehmen!«, drohte Henry dem alten Mann.

»Ach, du kannst doch Brennnesseln nicht von Löwenzahn unterscheiden.« Joe lachte.

Henry stand auf. »Macht euch nur über mich lustig. Ich werde jetzt aber den Rest des Tages mit einer bezaubernden Frau verbringen, und ihr könnt weiter in Erinnerungen schwelgen.«

Er hielt nun Rosaly seine Hand hin, die sie ergriff.

»Es war mir ein Vergnügen. Vielen Dank für die Einladung«, sagte sie zu Joe und legte ihm eine Hand auf die knochige Schulter.

Er legte seine eigene Hand auf ihre und tätschelte sie.

»Das Vergnügen war ganz meinerseits. Nun geht schon los und habt Spaß, und verdreh dem armen Dussel hier nicht den Kopf.«

Chuck lachte. »Das ist doch längst geschehen.«

Henry wurde knallrot und führte sie hinaus.

Kapitel 11

»Mann, die können einem wirklich auf die Nerven gehen«, sagte Henry, sobald sie draußen waren.

»Ich finde sie süß.«

»Süß?« Henry lachte. »Lass sie das bloß nicht hören, sonst bilden sie sich noch was drauf ein.«

Henry stieß einen Stein vor sich her und Rosaly fragte sich, was das sollte. Er wirkte irgendwie nervös heute.

»Hör nicht auf das, was sie sagen, okay?«, sagte er dann.

»Was denn?«, fragte sie unschuldig.

»Na, diese Andeutungen ... dass ich verknallt in dich sei und so.«

»Okay.« Hm, dieses neue Wort gefiel ihr, es fühlte sich gut an auf ihrer Zunge. Sie beschloss, dass es ihr neues Lieblingswort war.

»Also, wo willst du als Erstes hin?«

Sie überlegte. »Ich brauche etwas zum Anziehen, ein paar Dinge für mein Zimmer ... Gibt es hier irgendwo ein Geschäft mit Einrichtungsartikeln?«

»Na klar. Also erstmal gehen wir in ein paar Klamottenläden und dann ins Home Depot.«

»Und in eine Buchhandlung, bitte.«

»Na, da hast du ja viel vor. Wenn nicht schon der halbe Tag rum wäre ...« Rosaly sah Henry dabei zu, wie er ein kleines Ding aus seiner Hosentasche holte und sagte: »Es ist bereits halb zwei. Um acht habe ich einen Auftritt in der Fountain Lodge, bis dahin stehe ich dir zu Diensten.«

»Ich danke dir, mein Kavalier.«

Sie wollte ihn gern fragen, was das kleine Ding war, von dem er die Uhrzeit abgelesen hatte, traute sich aber nicht so recht. Mit genau so einem hatte die Frau am Tag zuvor ein Bild von ihr gemacht, ein perfektes kleines Gemälde. Es war anscheinend ein Alleskönner.

Sie hakte sich nun bei Henry ein und sie machten sich zu Fuß auf zu den Läden – das dachte sie zumindest, bis eine Bahn angerollt kam und Henry rief: »Na, das passt ja perfekt. Die Straßenbahn kommt gerade.«

Abrupt blieb Rosaly stehen.

Henry hatte doch nicht etwa vor, dass sie in dieses Ding einstiegen? Es machte ihr ein wenig Angst! Andererseits wollte sie ja alles Neue ausprobieren, aber ...

»Was ist?« Henry sah sie fragend an.

»Ach, nichts«, sagte sie und folgte ihm.

Die Schleppe ihres Kleides blieb beim Einsteigen an der Stufe hängen und sie musste ein bisschen daran zerren, um es loszubekommen. Dann setzte sie sich an den Fensterplatz, den Henry ihr freigehalten hatte.

Es war toll. Ein einmaliges Erlebnis, die Straßen auf- und abzufahren und alles zu bestaunen. Sie fuhren an prächtigen Herrenhäusern und wundervoll verzierten Villen vorbei, an Grünanlagen mit Bäumen und Blumen, an Straßen und Gassen und Geschäften und Menschen und buntem Treiben, wie sie es so nicht kannte. Niemals hätte sie geglaubt, dass die Reale Welt sie dermaßen faszinieren würde.

»Ich muss sagen, ich finde New Orleans großartig«, gestand sie.

Sofort musste sie wieder an Lizzy denken und hoffte, dass es ihr in New York ebenso gefiel.

»Na, das freut mich«, erwiderte Henry und wurde dann still. Sagte gar nichts mehr.

Rosaly war ein wenig besorgt. Hatte sie etwas Falsches gesagt?

»Henry? Alles gut?«, fragte sie also.

Ohne sie anzublicken, zuckte er die Schultern.

Dann endlich sah er ihr ins Gesicht und sprach: »Ich frage mich nur die ganze Zeit, was das sollte gestern Abend. Warum hast du mich aus deinem Zimmer gescheucht, so mir nichts, dir nichts?«

»Es tut mir leid, Henry.«

»Das ist keine Antwort.«

»Ich weiß. Es ist nur nicht so einfach für mich, weißt du?«

»Nicht so richtig. Erklär es mir.«

Sie überlegte, wie sie es ihm am besten verständlich machen sollte, entschied dann aber, es einfach zu sagen, wie es war.

»Mir ist plötzlich klargeworden, dass du ein Junge bist.«

»Hä?« Henry starrte sie stirnrunzelnd an. »Ist dir das vorher nicht klar gewesen? Dachtest du etwa, ich sei ein Mädchen, oder was?«

»Nein, natürlich nicht. Ich war nur vorher noch nie mit einem Jungen ganz allein in einem Raum – mein Bruder nicht mit eingeschlossen. Das ist mir auf einmal bewusst geworden und ich habe Panik bekommen.«

»Wow, du scheinst aber *sehr* behütet aufgewachsen zu sein.«

»Das bin ich.«

»Na gut. Alles okay. Dann denk dir beim nächsten Mal einfach, ich sei ein Mädchen, ja? Oder ein weiser alter Mann wie Joe. Nur schmeiß mich nicht wieder raus, das war nämlich ganz schön verletzend.«

»Das wollte ich wirklich nicht, Henry, verzeih.«

»Schon verziehen.«

Sie sahen beide wieder aus dem Fenster.

»Ich hätte dich nicht für so sensibel gehalten, Henry«, sagte sie nach einer Weile.

»Für einen Softie, meinst du? Das bin ich nicht, ich bin ein cooler Typ, hart im Nehmen«, sagte er und musste dann selbst lachen.

»Das glaube ich dir nicht so recht.«

»Komm, da vorne müssen wir raus«, sagte er und konnte damit glücklicherweise von seinem weichen Kern ablenken.

Rosaly folgte ihm, raus aus der Straßenbahn, ein Stück die Straße runter und hinein in ein Bekleidungsgeschäft, das ihr völlig neue Möglichkeiten bot.

Kapitel 12

Eine Stunde später verließ sie das Geschäft mit Tüten in jeder Hand und einem riesigen Lächeln auf den Lippen.

»Was war das denn?«, fragte Henry, der ihr hinterhertrottete, nur kopfschüttelnd.

»Was meinst du?« Sie grinste ihn an.

»Du bist da wie ein Wirbelwind durch die Abteilungen geweht und hast alles mitgenommen, was nicht niet- und nagelfest war.«

Sie lachte. »Ich war verzaubert von all den hübschen, neuen Dingen. Da musste ich einfach zuschlagen.«

»Und du hast ein halbes Vermögen ausgegeben, fast fünfhundert Dollar. Übrigens solltest du dein Geld lieber nicht lose in einem Beutel herumtragen.«

»Es ist nicht lose, sondern in einem Bündel.«

»Und ich glaube allmählich, dass du doch auf der Flucht bist. Wer hat denn Scheine in Bündeln dabei? Hast du eine Bank ausgeraubt?«

»Aber nein.« Sie schüttelte belustigt den Kopf.

»Ich frag lieber nicht, wo du es her hast. Aber denk dran, dass es dir irgendwann ausgeht und du noch Joe etwas für die Miete zahlen musst.«

»Das würde ich nie vergessen. Ich werde ihm das Geld gleich heute Abend geben. Du, Henry. Es stimmt, irgendwann geht mir mein Geld aus und ich brauche dringend eine Arbeit. Wüsstest du vielleicht, wie ich eine finde?«

»Was kannst du denn so?«

»Hm ...«, sie dachte nach. »Ich kann Geschichten erzählen.«

»Das wird dir aber auf dem Arbeitsmarkt nicht viel nützen. Kannst du mit Zahlen umgehen? Ich meine, könntest du kassieren?«

»Ich weiß nicht.«

»Kannst du kochen?«

Sie schüttelte den Kopf.

»Wie sieht es mit Bedienen aus? Kellnerinnen werden immer gesucht.«

»Vielleicht bekomme ich das hin.«

»Was hast du denn bisher so in deiner Freizeit gemacht? Hattest du je einen Job?«

»Nein. In meiner Freizeit habe ich gesungen und gelesen und Zeit mit meiner besten Freundin Lizzy verbracht.«

»Und was habt ihr dann gemacht? Jungs abgecheckt?«

Sie wusste nicht genau, was das bedeuten sollte.

»Wir sind im Burggarten spazieren gegangen, haben auf Bällen getanzt und niedliche Einhorn-Babys beobachtet.«

Henry starrte sie mit weit aufgerissenen Augen an. Seine Kinnlade war heruntergeklappt.

Oje. Sie hatte zu viel verraten.

»War nur ein Scherz«, sagte sie schnell und hoffte, das würde sie retten.

Henry lachte verunsichert, seine Stirn lag noch immer in Falten. »Ich dachte schon ...«

»Was? Dass ich eine Märchenprinzessin bin?«

Sie musterte ihn, musste herausfinden, was er dachte.

»Eher, dass du aus der Klapsmühle ausgebrochen bist. Das würde auch die Sache mit dem Kleid und das Geldbündel erklären.«

Sie atmete erleichtert auf. Sie wusste zwar nicht, was eine Klapsmühle war, aber Henry schien nichts zu ahnen, und das war gut.

Sie kauften an diesem Nachmittag außerdem eine neue Lampe, einen kleinen Teppich, Bettwäsche und neue Vorhänge für ihr Zimmer – alles in Rosatönen natürlich. Danach begaben sie sich in eine Buchhandlung, wo Rosaly nach einem Kochbuch suchte, das ihr erklärte, wie man Fried Green Tomatoes machte.

»Fried Green Tomatoes! Hier haben wir es!«, rief sie freudig aus, als sie das Rezept fand.

Obwohl sie nur die eine Seite brauchte, musste sie das ganze dicke Buch kaufen. Vielleicht würde es gar nicht so schlecht sein, ein paar Gerichte kochen zu können, sie war willens, es zu lernen. Und dann könnte sie für Joe und Henry kochen, zum Dank für all ihre Mühen.

Zum Abendessen schlug Henry Po-boys vor, reichlich belegte Sandwiches. Rosaly stimmte zu, aber nur, wenn sie zum Dank heute Henry einladen durfte. Er bestellte sich eins mit frittiertem Huhn, sie nahm eins mit Shrimps und Avocado. Sie aßen sie im Freien auf Plastiktischen vor dem Sandwichladen – mit den Händen.

»Die sind ja unglaublich!«, staunte Rosaly und hätte am liebsten noch ein zweites bestellt, doch sie wollte ja in all die tollen neuen Sachen passen, also ließ sie es bleiben.

»Was hast du da auf deinem Unterarm? Ist das ein Tattoo?«, fragte Henry.

Rosaly sah auf das Muttermal in Form einer Rose, das ihren Arm schon seit ihrer Geburt schmückte.

»Ein Muttermal. Meine Mutter hat dasselbe.«

Henry langte über den Tisch und strich mit einem Finger darüber, was ihr eine Gänsehaut bescherte.

»Sieht fast so aus wie eine Rose.« Er lächelte sie an. »Wollen wir jetzt die Sachen in dein neues Zuhause bringen und uns dann langsam auf den Weg zur Fountain Lodge machen?«

»Du möchtest, dass ich mitkomme?«

»Ich ... äh ... nur wenn du willst, natürlich.«

»Sehr gerne.« Sie nickte.

Sie schloss das Haus mit dem Schlüssel auf, den Joe ihr gegeben hatte, lud all die Tüten in ihrem Zimmer im Dachgeschoss ab und zog sich um. Sie entschied sich für eine dieser engen Hosen namens Jeans und eine hübsche dunkelrosa Bluse. Die Farbe erinnerte sie an die Hortensien im Schlossgarten. Für einen Moment wurde sie ganz nostalgisch, doch dann entsann sie sich, dass sie einen wunderbaren Abend vor sich hatte und setzte wieder ein Lächeln auf.

Denn die fünf goldenen Regeln, die ihnen seit ihrem ersten Jahr auf der Crown immer und immer wieder eingetrichtert worden waren, waren ihr stets im Kopf und im Herzen.

Kleide dich stets in fröhlichen Farben. Singe stets ein heiteres Lied. Spreche stets ein freundliches Wort. Lächle stets ein gütiges Lächeln. Erzähle stets ein romantisches Märchen.

Als sie nun zu Henry, der im Wohnzimmer wartete, herunterkam, staunte der nicht schlecht.

»Wow! Du siehst unglaublich aus.«

»Ich danke dir«, sagte sie und fuhr sich durchs Haar, das sie an diesem Abend offen trug. »Kann ich so mitgehen?«

»Du wirst die schönste Frau im ganzen Raum sein.«

Er staunte noch immer, als sie das Haus verließen und die Nacht den Tag ablöste.

Kapitel 13

Der Auftritt gefiel Rosaly sehr gut. Beschwingt sah sie Henry und seiner Band dabei zu, wie sie Jazzklänge ertönen ließen, die den ganzen Raum in eine Südstaatenatmosphäre wie vor hundert Jahren versetzte.

Ein Sänger mit einer unglaublich tiefen, warmen Stimme sang von Herzschmerz, von Hoffnung und vom Tod. Alles hörte wie gebannt zu und das Publikum gab einen tosenden Beifall, als das letzte Lied erklang.

Henry wischte sich mit dem Ärmel den Schweiß von der Stirn und lächelte stolz in die Menge, dann fiel sein Blick auf Rosaly.

Sie errötete.

Wie Henry sie ansah ... nein, das war nicht gut, nein, das durfte nicht sein. Sie durfte auf keinen Fall zulassen, dass sie allzu tiefe Gefühle für ihn entwickelte, schließlich musste sie in sechs Monaten nach Fairyland zurückkehren, und ihn konnte sie nicht mitnehmen. Wie sollte sie ihm das alles nur erklären?

Er kam auf sie zu und strahlte.

»Ich freue mich wirklich sehr, dass du da bist. Siehst du, ich hatte recht.«

»Womit denn?«, fragte sie zaghaft.

»Dass du das hübscheste Mädchen weit und breit bist.«

Intensiv sah er sie an, seine Augen durchbohrten sie förmlich. Sie war sich sicher, er konnte bis in ihr Innerstes blicken. Aber wäre dem wirklich so, hätte er die Wahrheit sehen können und das alles wäre viel einfacher gewesen.

»Bitte sag so etwas nicht, Henry.«

»Wenn ich es doch aber so meine.«

Sie konnte seinem Blick nicht standhalten, wandte sich ab und lief aus der Bar.

Henry lief ihr nach.

»Rosaly, was ist denn mit dir?«

»Ich kann nicht, Henry ...«

»Aber was denn, verflucht nochmal? Erst die Abfuhr gestern und jetzt lässt du mich einfach stehen. Wenn du mich nicht magst, dann sag es doch einfach, dann hab ich mich wohl geirrt, als ich annahm, dieses Glitzern in deinen Augen hätte etwas zu bedeuten.«

»Oh, Henry, das hat es. Ich mag dich sehr. Das ist ja das Problem.«

»Das versteh ich nicht. Ist mir zu hoch, ehrlich.«

Sie setzte sich auf eine Stufe und seufzte. Dann sah sie zu Henry auf und versuchte zu erklären, was sie empfand.

»Ich bin erst seit gestern in der Stadt und schon ... ach herrje ... ich war doch noch nie von zu Hause fort und nun ...«

»Und nun was?«

»Ich darf mich nicht in jemanden wie dich verlieben. Henry.«

»Und warum nicht?«

Weil du kein Prinz bist. Weil du nicht aus Fairyland kommst, nicht im Entferntesten eine Märchenfigur bist. Weil wir keine Zukunft haben. Weil es falsch ist.

All das hätte sie ihm nur allzu gerne gesagt, denn es hätte Sinn ergeben – in ihren Augen zumindest. Aber sie durfte ja nichts preisgeben.

Sie stand auf. Aaaah, es war zum Verrücktwerden!

Sie drehte sich um und nun sah sie ihm in die Augen. »Weil ich doch in sechs Monaten wieder fort muss.«

»Und das soll ein guter Grund sein, warum wir die Zeit bis dahin nicht miteinander verbringen können? Spaß haben können? Einander kennenlernen können?«

Sie nickte.

Er verstand es einfach nicht. »Wer weiß denn schon, was in sechs Monaten ist? Vielleicht merken wir ja schon nach einer Woche, dass es mit uns beiden nicht gutgeht, was ich mir im jetzigen Augenblick absolut nicht vorstellen kann. Vielleicht aber merken wir auch, dass wir füreinander bestimmt sind, und dann sehen wir halt in sechs Monaten, wie es weitergeht. Ich meine, Paris ist nicht am Ende der Welt.«

Fairyland war es.

»Es geht nicht, Henry. Wir kommen aus zwei unterschiedlichen Welten.«

»Ahhh. Jetzt kommen wir der Sache schon näher. Du willst dich gar nicht erst auf mich einlassen, weil ich ein armer Schlucker bin und du mit deinem Kleid und deinem Bündel voller Geldscheine denkst, dass du was Besseres verdient hast.«

»Nein, so ist es nicht. Obwohl ich dir ehrlich sagen muss, dass meine Eltern gegen eine Beziehung zwischen uns beiden wären.«

»Weil ich *nur* ein Musiker bin? Was wollen sie für dich? Einen Bankier? Einen Immobilienmogul?«

Einen Prinzen.

Sie konnte Henry seine Enttäuschung ansehen und begann zu weinen – aus Verzweiflung, aus Traurigkeit. Weil es so unfair war, dass sie nicht die Wahrheit sagen durfte.

»Hey, nun wein doch nicht«, sagte Henry und fasste sie behutsam am Arm. »Tut mir wirklich leid, dass ich was gesagt hab.«

Sie schüttelte den Kopf. »Es ist nicht deine Schuld. Es ist einfach so ... kompliziert.«

»Es sieht ganz danach aus, auch wenn ich es noch immer nicht richtig verstehe. Aber hey, alles gut. Wir können ja auch einfach nur Freunde bleiben, was hältst du davon?«

»Wäre das okay für dich?«

»Klar. Dann versuche ich halt, meine Gefühle zu unterdrücken und dieses Kribbeln im Bauch, dass mich jedes Mal überkommt, wenn du mich ansiehst, auszublenden.«

Sie starrte ihn an. Dann ging es ihm ja genauso wie ihr.

»Oh Henry. Es tut mir schrecklich leid.«

»Das muss es nicht. Komm, alles ist gut. Gehen wir wieder rein und trinken was, ja?«

Sie nickte und ging einen Schritt auf ihn zu. Im selben Moment drehte er sich zur Seite und sie stießen zusammen. Binnen Sekunden waren sie sich so nah ... näher als Rosaly je einem Mann gewesen war. Sie konnte seinen Atem spüren, sein Parfum riechen, sie konnte die kleinen Blitze fühlen, die von ihm ausgingen und in jede Faser ihres Körpers eindrangen.

Sie konnte nicht anders, konnte nicht Abstand von ihm nehmen. Nicht jetzt und vielleicht nie mehr.

Henry atmete schwer, sah sie an, und dann waren seine Lippen auf ihren, ehe sie wusste, was geschah.

Welch ein Gefühl!

Sie spürte einen ganzen Regenbogen in sich aufsteigen, spürte die bunten, warmen Farben ihre Glieder durchfluten. Sie fühlte einen Vulkan in ihrem Innern ausbrechen und eine ganze Herde Einhörner einen Tanz aufführen.

Doch dann, als sie sich endlich bewusst wurde, was da gerade zwischen ihr und Henry geschah, entfuhr ihr ein kleiner Schreckensschrei und sie lief davon. Lief und lief, ohne zurückzuschauen, lief, ohne ein Ziel vor Augen.

Irgendwann blieb sie stehen und stützte sich mit den Händen auf den Oberschenkeln ab, atmete tief ein, tief aus, ein, aus, ein ... Was zur bösen Hexe hatte sie da nur getan???

Kapitel 14

Sie brauchte eine ganze Weile, um den Weg nach Hause zu finden. Zuerst musste sie die Fountain Lodge wiederfinden, Henry stand aber nicht mehr davor, Gott sei Dank. Von dort aus fand sie die Straßen, die sie zuvor gegangen waren. Glücklicherweise hatte sie ein gutes Gedächtnis und einen ebenso guten Orientierungssinn.

Sie atmete erleichtert aus, als sie das Haus von Weitem sah. Es brannte kein Licht, was entweder bedeutete, dass Joe bereits schlief oder dass er noch unterwegs war. Sie schlich sich hinauf in ihr Zimmer und zog sich das Nachthemd an, das sie sich am Nachmittag gekauft hatte. War es wirklich erst einige Stunden her?

Lieber Himmel, was hatte sie getan?

Einen Fremden zu küssen, der weder ein Prinz war noch jemand, den sie viel länger als vierundzwanzig Stunden kannte – was war nur in sie gefahren?

Nun ja, im Grunde hatte nicht sie ihn geküsst, sondern es war andersherum gewesen – sie hatte sich von ihm küssen lassen.

Das war aber genauso schlimm. Was ihre liebe Mutter nur von ihr denken würde, und ihr guter Vater erst? Und William – er würde sich über sie lustig machen, da war sie sich sicher. Sie hatte ihren guten Ruf ruiniert, innerhalb eines einzigen Augenblicks. Eines magischen Augenblicks.

Sie setzte sich ans Fenster und sah hinauf zum Mond.

»Ach Lizzy, wärst du doch nur hier. Du wüsstest sicher eine Lösung. Und wenn ich auch nur ein offenes Ohr bei dir finden würde.«

Noch lange lag sie wach in ihrem Bett und konnte nicht schlafen. Zu viel ging ihr durch den Kopf. Wie sollte sie nun weitermachen? Herrje, gleich am zweiten Tag ihres Magicals hatte sie Mist gebaut, so war das alles nicht gedacht gewesen.

Sie musste außerdem an den wundervollen Kuss denken und an das, was er in ihr ausgelöst hatte. So fantastisch, so frei und unbeschwert hatte sie sich noch nie gefühlt, leider hatte dieses Gefühl nicht lange angehalten, es war von einem anderen abgelöst worden, und jenes bestand aus Schuldgefühlen, Bedauern und Scham.

Nur wenn es wirklich so falsch war, warum fühlte es sich dann so gut an? Und warum wollte sie nichts sehnlicher, als diesen Kuss zu wiederholen?

Schon im Morgengrauen erwachte sie nach einer Nacht voller wirrer Träume und Stunden voller Schlaflosigkeit. Sie setzte sich auf, rieb sich die Augen und die schmerzenden Schläfen und dachte an Henry.

Das Erste, was ihr an diesen Morgen in den Sinn kam, war Henry. Hatte das etwas zu bedeuten?

Ihr Blick fiel auf die alten Tagebücher von Joes Frau Annie, die sie ihm noch immer nicht gegeben hatte. Sie zog sich die Jeans vom Vortag und ein simples hellgrünes T-Shirt an, schlüpfte in ihre pinken Ballerinas und nahm die Tagebücher an sich. Sie hatte vor, sie hinunterzubringen und sie für Joe auf den Wohnzimmertisch zu legen, wo er sie später finden und sich sicher darüber freuen würde.

Doch weil sie so müde war, stolperte sie über eine der Stufen und zwei der Bücher fielen ihr hinunter. Schnell hob sie sie auf und versicherte sich, dass sie sich keinen Schaden zugezogen hatten. Dabei erhaschte sie einen Blick auf einen Eintrag aus dem Jahr 1999. Sie wusste, dass es sich nicht gehörte, in fremder Leute Tagebücher zu lesen, dennoch konnte sie nicht anders, als das Buch ganz aufzuklappen und den vollen Eintrag zu lesen.

12. November 1999

Lieber Joe,

heute vor genau dreißig Jahren haben wir uns zum ersten Mal in die Augen gesehen. Mein Liebling, es kommt mir vor, als wäre es erst gestern gewesen, dass du in den Blumenladen meiner Mutter kamst, wo ich gerade einen Kunden bediente. Ich weiß auch noch, dass mich deine Blicke so sehr verwirrten, dass ich dem Kunden rote statt gelber Rosen binden wollte. Deine Blicke, oh, wie sie mich stets berührten, wie sie es vermochten, mein Innerstes zu sehen.

Mein Joe, wie hätte ich nein zu dir sagen können, wenn du mich doch vor dem Traualtar auf dieselbe Weise anblicktest?

Auch heute noch hast du es nicht verlernt und ich möchte dir dafür danken, dass du mich noch immer ansiehst, als wäre ich das hübsche, junge Mädchen von damals, das sich kein bisschen verändert hat.

Ich liebe dich, Joe, ich werde dich immer lieben.

Annie

Erst als sie das Buch wieder zuklappte, bemerkte Rosaly die Tränen, die ihre Wangen hinunterrannen. Wie unglaublich romantisch! Sie konnte gut verstehen, warum Joe seine Annie so sehr vermisste.

War es Zufall, dass sie ausgerechnet diesen Eintrag von allen gelesen hatte, in denen es um Blicke ging? Auch Henrys Blicke gingen ihr nicht mehr aus dem Kopf.

Sie schlich sich hinunter, darauf bedacht, dass die Stufen nicht so laut knarrten, und legte die Bücher auf dem Tisch ab. Sie musste lächeln bei dem Gedanken, wie Joe das erste aufklappte und darin Erinnerungen seiner Annie entdeckte. Und das Beste war, dass sie die Einträge nicht an das Tagebuch oder irgendeinen Namenlosen gerichtet hatte, sondern an Joe selbst. Es war ihr Vermächtnis, wie Briefe, die sie ihm geschrieben hatte, Worte, in denen sie auf ewig weiterlebte.

Ja, Rosaly war schon immer sehr romantisch gewesen, doch was sich hier allein in den letzten zwölf Stunden abgespielt hatte, war doch etwas viel auf einmal.

So sehr sie auch versuchte, ruhig durchzuatmen, es wollte ihr einfach nicht gelingen. Also beschloss sie, es zu ignorieren. Ja, das war die Lösung! Sie würde einfach so tun, als wäre der Kuss nie geschehen. So könnte sie guten Gewissens weitermachen und das Geschehene würde weder der Freundschaft zu Henry noch ihrem Magical in irgendeiner Weise im Weg stehen.

Kapitel 15

Sie saß mit Joe am Frühstückstisch und aß etwas namens Honey Loops mit Milch, als es an der Tür klingelte.

»Ich geh schon«, sagte sie und ging aufmachen.

Henry stand vor der Tür. Er sagte kein Wort, grinste sie nur an.

»Guten Morgen, Henry«, begrüßte sie ihn fröhlich und tat so, als wäre nichts geschehen. Ihr Herz pochte dabei aber so schnell, dass sie glaubte, es würde sich gleich losreißen und davonspringen.

»Also, langsam nehme ich es echt persönlich.«

»Was denn?«, fragte sie mit unschuldiger Miene.

»Das du mich rauswirfst, vor mir davonläufst, mich abwimmeln willst.«

»Ich weiß überhaupt nicht, wovon du sprichst, Henry.«

»Von unserem Kuss letzte Nacht.«

Sie lachte. »Das musst du geträumt haben, Henry. Komm doch herein und leiste uns beim Frühstück Gesellschaft. Es gibt Honey Loops, darf ich dir auch welche anbieten?«

»Nein, danke. Ich hatte schon Rice Krispies«, sagte er sarkastisch.

Er trat ein und folgte ihr in die Küche.

»Guten Morgen, Joe. Wie geht es dir heute?«

»Bestens, mein Junge. Ich habe die hübscheste Mitbewohnerin von ganz New Orleans, wie könnte es mir da nicht gutgehen?«

»Ich habe Zeitungen mitgebracht. Ich dachte mir, wir könnten zusammen die Stellenanzeigen durchgehen. Du willst doch einen Job finden, oder?«, wandte Henry sich jetzt wieder an sie.

Er legte einen Stapel Zeitungen auf den Tisch.

»Sehr schön. Ich danke dir. Möchtest du vielleicht einen Kaffee haben?« Noch immer wagte sie es nicht, Henry direkt anzusehen.

Es war nichts, es war nichts, es war nichts. Es ist nie etwas passiert.

»Gerne, danke.«

»Na, dann lasse ich euch zwei Turteltauben mal allein«, sagte Joe und lachte. »Ich gehe einen neuen Song einstudieren.«

»Ach, Joe? Vielleicht mögen Sie mal einen Blick auf den Wohnzimmertisch werfen«, sagte Rosaly mit herzlicher Stimme. »Wir haben da nämlich etwas gefunden ...«

Joe sah kurz überrascht auf. »So, so. Gut, das werde ich machen.«

Er trottete davon und sie hörten die nächsten Stunden nichts mehr von ihm.

Inzwischen gingen sie die Stellenanzeigen durch.

»Hier, wie wär's damit?«, fragte Henry und zeigte auf eine Anzeige für ein Fischgeschäft, das nach Verkäufern suchte.

Sie kreiste sie mit dem rosa Stift ein, den sie bei den Malutensilien gefunden hatte. Sie war verwundert darüber, dass er noch nicht ausgetrocknet war, selbst nach sechs Jahren nicht.

»Oder das hier: Bardame in einer Kneipe.«

Auch darum machte sie einen rosa Kreis.

»Ooooooh, ich habe den perfekten Job für mich gefunden!«, rief sie und deutete auf eine große Anzeige, in der nach einer Assistentin für eine Hochzeitsagentur gesucht wurde. »Ich würde zu gerne dabei helfen, Hochzeiten zu planen.«

Henry räusperte sich. »Sei mir nicht böse, aber ... ich denke nicht, dass du dafür die ausreichenden Qualifikationen mitbringst.«

»Oh, ich denke schon.« Sie strahlte.

»Na gut, versuchen kannst du es ja.« Er reichte ihr sein Handy.

Rosaly starrte es an, wusste nicht, wie sie es bedienen sollte.

»Kannst du das machen?«, bat sie.

Henry tippte die Nummer ein und drückte es ihr in die Hand. »Sprechen musst du schon selbst. Los, überzeug sie.«

Das tat Rosaly. Mit nur wenigen Sätzen überzeugte sie die Dame am anderen Ende davon, dass sie sie unbedingt zu einem Vorstellungsgespräch einladen musste.

»Ich soll morgen um elf in der Agentur sein. Canal Street, wo ist das?«

»Da sind wir mit der Straßenbahn längsgefahren. Ich bringe dich hin, wenn du willst.«

»Das Angebot nehme ich gerne an.«

»Was ist mit den anderen Anzeigen? Das Fischgeschäft?«

»Das ist nicht mehr nötig. Ich bin mir ziemlich sicher, dass es in der Hochzeitsagentur klappen wird.«

»Wow, du hast aber viel Selbstvertrauen. Ich finde trotzdem, du solltest wenigstens eine Alternative haben.«

Sie schüttelte den Kopf.

»Wo bekomme ich grüne Tomaten?«, fragte sie.

»Wie bitte?«

»Grüne Tomaten. Ich möchte Fried Green Tomatoes zum Abendessen machen.«

»Na, dann auf zum Markt.«

Eine halbe Stunde später gingen sie die Stände des French Markets ab, auf der Suche nach den perfektesten, knackigsten grünen Tomaten.

Rosaly suchte circa zehn große Exemplare aus und ließ Henry die Tüte tragen.

»Du willst also nicht über den Kuss sprechen, ja?«

Rosaly summte vor sich hin.

»Rosaly!«

»Was ist?«, fragte sie im Sington.

»Der Kuss.«

»Welcher Kuss denn?« Sie tänzelte davon. »Oh, sind das da vorne Raddampfer?«, fragte sie entzückt.

»Ganz genau. Willst du mit einem fahren?«

»Zu gerne.«

»Okay. Ich lad dich ein. Wenn wir eine Minute über den Kuss reden können.«

Sie blieb nun stehen, sah Henry ins Gesicht und sagte: »Ich habe nicht die geringste Ahnung, wovon du sprichst.«

Er ließ die Schultern sinken, schüttelte den Kopf und sagte: »Okay, dann lass uns Raddampfer fahren.«

Rosaly war begeistert. Sie fuhren den Mississippi auf und ab und sie entdeckte so viel Neues. Sie stützte sich auf die Reling und summte wieder vor sich hin.

»Du bist ganz schön musikalisch, oder?«, fragte Henry.

»Mag sein.«

»Du singst doch die ganze Zeit vor dich hin.«

»Das ist eine der fünf goldenen Regeln.«

»Der fünf was?«

»Die fünf goldenen Regeln, die uns in der Schule beigebracht wurden.«

»Aha. Und wie lauten die?«

»Kleide dich stets in fröhlichen Farben. Singe stets ein heiteres Lied. Spreche stets ein freundliches Wort. Lächle stets ein gütiges Lächeln. Erzähle stets ein romantisches Märchen.«

»Wow! Das nenne ich mal eigenartige Regeln.«

»Wieso? Was wurde euch denn auf eurer Schule beigebracht?«

»Na, wir hatten Regeln wie: das Schulgelände nicht verlassen, nicht die Toiletten verstopfen, nicht hinter der Turnhalle rauchen und so.«

»Heiliger Strohsack.«

»Und du hältst dich also immer an diese Regeln, ja?«, fragte er nun mit einem Grinsen.

»Immer.«

»Regel Nummer drei beinhaltet dann wohl auch, dass du nicht lügen darfst, oder?«

»Aber natürlich.«

»Dann sag mir jetzt ganz ehrlich, warum du nach unserem Kuss weggelaufen bist. Und warum du vor allem so tust, als wäre nichts geschehen?«

»Das kann ich nicht, Henry. Es ist zu kompliziert.«

»Das sagtest du schon gestern. Und du hast auch gesagt, dass du mich magst.«

Sie sah sich diesen jungen Mann an, wie er in seiner Jeans und dem blauen Hemd, das seine blauen Augen so wundervoll zur Geltung brachte, vor ihr stand. So erwartungsvoll.

»Ja, das tue ich. Das habe ich ganz ernst gemeint.«

»Dann lass uns einfach alles andere vergessen, was sein könnte oder nicht, was irgendwer sagen könnte, wo wir in sechs Monaten sein werden ... und bitte, Rosaly, lass uns einfach nur den Moment genießen.«

Sie atmete tief ein, sah hinaus aufs Wasser, und dann wieder zu Henry, der sie faszinierte wie kein anderer.

Und diesmal nickte sie. »Gut, ich will es versuchen.«

»Das ist alles, was ich möchte. Ich danke dir.«

Sie griff nach seiner Hand und hielt sie, als sie wieder anlegten. Als sie nun Hand in Hand wieder an Land gingen, war irgendetwas anders. Alles war anders. Und es fühlte sich wundervoll an.

Kapitel 16

Sie spazierten noch ein bisschen am Wasser entlang und redeten. Dann kaufte Rosaly sich, weil Henry meinte, sie brauche selbst auch eins, ein Handy. Er tippte seine Nummer ein, speicherte sie und zeigte ihr, wie sie sie wählen konnte. Dann verabschiedete er sich mit einem kleinen Kuss auf die Wange und ging zu seiner Bandprobe.

Derweil ging Rosaly zurück nach Hause, schlug das neue Kochbuch auf und versuchte sich an den Fried Green Tomatoes. Dazu wusch sie die Früchte, schnitt sie in Scheiben und wälzte sie in Mehl, Ei, Maismehl und Semmelbröseln. Diese klebrigen Scheiben legte sie dann ins heiße Öl.

So weit, so gut. Wäre nicht plötzlich die ganze Küche voller Qualm gewesen und wären die Tomaten nicht binnen Minuten so schwarz wie Kohle gewesen.

Oje, was habe ich nur falsch gemacht?, fragte Rosaly sich.

Inzwischen roch das ganze Haus angebrannt. Sie riss die Küchenfenster auf und nahm die Tomatenscheiben aus der Pfanne. Dabei schwappte ein wenig Öl auf die Herdplatte und es zischte. Sie wischte es weg und legte die nächsten Tomatenscheiben in die Pfanne, nur um sie wieder zu ruinieren.

Nun nahm sie alles vom Herd, setzte sich verzweifelt auf einen Küchenstuhl und rief Henry an.

»Hi, Rosaly, alles gut bei dir?«

Sie schluchzte. »Nein, gar nichts ist gut. Ich bin völlig fertig. Könntest du herkommen, Henry? Bitte.«

»Ich bin gleich bei dir.«

Nicht einmal zehn Minuten später stand er in der Küche. Zum Durchlüften hatte Rosaly auch die Haustür aufgemacht.

»Oh Gott, was ist denn hier los?«, fragte Henry.

»Ich wollte Joe seine Leibspeise machen. Das da wird ihm aber ganz sicher nicht schmecken.« Sie zeigte auf die verbrannten Tomaten.

»Wie heiß hast du das Öl denn werden lassen?«

»Ich weiß nicht. Irgendwas habe ich wohl falsch gemacht.«

»Na komm, so leicht willst du doch wohl nicht aufgeben. Wir machen das jetzt zusammen, ich helfe dir, ja?«

»Okay. Wusstest du, dass ich das Wort sehr mag?«

»Welches?«

»Okay.«

Henry schmunzelte. »Rosaly, du bist wirklich einmalig.«

»Einmalig schlecht am Herd vielleicht.«

Henry schüttete die verbrannten Tomaten nun in den Mülleimer und baute alles von Neuem auf. Er ließ Rosaly neue Scheiben schneiden und schlug ein paar Eier auf. Die nächsten Fried Green Tomatoes sahen schon ganz anders aus, richtig lecker. Er ließ Rosaly probieren.

Sie nahm sie in die Hand – wieder etwas, das man mit den Fingern essen konnte, am liebsten hätte sie nie wieder Besteck benutzt.

»Die sind wunderbar! Joe wird sich sicher freuen. Ach, Henry, wenn ich dich nicht hätte.«

Er lächelte und tauchte die nächsten Tomatenscheiben ins Mehl. Dann sah er Rosaly schelmisch an und bewarf sie mit einer halben Handvoll Mehl.

»Hey! Was machst du denn da?«, rief sie und machte einen Satz zurück.

»Dich ein wenig necken.«

»Na, warte, das bekommst du zurück!«

Sie griff ihrerseits ins Mehl, allerdings in die große Tüte, und bewarf Henry ebenfalls. Sie traf zielsicher, im nächsten Moment war Henrys braunes Haar weiß wie das von Joe und Chuck und er pustete sich das Pulver aus dem Gesicht.

»Das war wirklich fies«, sagte er, stellte die Herdplatte ab, nahm die Pfanne zur Seite und ging auf Rosaly zu – ein Ausdruck im Gesicht, der sagte, dass er zu allem bereit war.

Rosaly kicherte und lief davon, einmal um den Küchentisch, aber Henry schnappte sie sich und hob sie hoch, setzte sie auf den Tisch und kam ganz nah an sie heran. Als er sie küsste, ließ sie es geschehen, vergrub ihre Hände in seinen mehligen Haaren und vergaß alles um sich herum: ihre Herkunft, ihren Namen, alle Anstandsregeln und das Morgen.

Nur das Heute zählte, das Hier und Jetzt. Und Henry. Ihr Jazzmusiker, ihr Retter in der Not, der Mann, in den sie sich verliebt hatte und mit dem sie die nächsten sechs Monate verbringen wollte. Was danach kam, das wussten nur die Sterne.

♥

4 MONATE SPÄTER

♥

Kapitel 17

»Schnell, schnell, verstreut hier noch ein paar Rosenblätter!«, orderte Rosaly an und die beiden Praktikantinnen kamen mit ihren Körben an und verteilten dort weiße Blütenblätter, wo sie hindeutete, nämlich direkt zum Traualtar, der unter einem wunderschönen geschnitzten, mit rosa Orchideen und weißen Rosen verzierten Bogen aufgebaut war.

Weiße Rosen – das war das Motto der Hochzeit. Braut und Bräutigam waren sich nicht ganz einig gewesen. Sie wollte rote Rosen, er wollte irgendwas Helles, weiße Margeriten vielleicht. Als Rosaly mit dem Vorschlag von weißen Rosen kam, haben sich beide nur angesehen und zustimmend genickt.

Das war es, was Rosaly seit vier Monaten tat, zukünftigen Ehepaaren zu ihrem Glück verhelfen, und ohne ihre Hilfe, da war sie sich sicher, hätte das eine oder andere Brautpaar es nicht einmal vor den Altar geschafft.

Sie wunderte sich sehr. In Fairyland war es eine große Freude, Hochzeit zu feiern. Das ganze Königreich feierte mit, gleich mehrere Tage lang. Könige und Königinnen, Prinzen und Prinzessinnen, jeder war in bester Stimmung und in Vorfreude auf das große Ereignis.

In der Realen Welt dagegen sah das alles ein wenig anders aus.

Die Braut war aufgeregt und oftmals völlig panisch, ob auch alles gut gehen würde an ihrem großen Tag. Der Bräutigam bekam kalte Füße. Die Eltern der Braut stritten mit denen des Bräutigams um die Finanzen. Die Trauzeugen veranstalteten eine komische Tradition namens Junggesellenabschied, auf dem sich Braut/Bräutigam betrank, schrecklich daneben benahm und derweilen sogar im Krankenhaus landete, weil sie/er gegen einen Laternenpfahl gelaufen oder in den Mississippi gefallen war. Und wenn das nicht der Fall war, dann gab es oftmals einen üblen Streit zwischen den Zukünftigen wegen anwesend gewesener Stripper/Stripperinnen bei diesem Abschiedsabend oder Ex-Freunden/Ex-Freundinnen auf der Hochzeitsfeier.

Es war erschreckend. So viel war geradezubiegen. Und wenn Rosaly nicht versuchen musste, einen Streit zu schlichten, eine Beziehung zu kitten oder zukünftige Schwiegereltern daran zu hindern, sich die Haare auszureißen, waren immer noch Aufgaben wie das Aussuchen der Lokalität, des Geschirrs, des Caterers und der Band zu meistern.

Doch auch wenn der Job ein stressiger war, war Rosaly vom allerersten Tag an in ihrem Element.

Henry hatte sie zu ihrem Vorstellungstermin gebracht und sie hatte Frances Jones, die Hochzeitsplanerin, bei der sie sich um eine Assistentenstelle bewarb, sofort von sich überzeugt. Sie machte Vorschläge zu einer bevorstehenden Hochzeit, zu der sie ihre Meinung äußern sollte, auf die nicht einmal Frances Jones gekommen wäre. Noch bevor Rosaly überhaupt ihre Zeugnisse und Empfehlungen zeigen konnte, die sie vom Hohen Märchenrat mitbekommen hatte, hatte sie die Stelle.

In den letzten vier Monaten war sie von der Assistentin zur selbstständigen Hochzeitsplanerin mit eigener persönlicher Assistentin aufgestiegen. Bei aufwendigen Feierlichkeiten wie dieser wurden ihr sogar einige Praktikanten zur Verfügung gestellt, um ihr zur Hand zu gehen. Diesen sah sie nun bei deren Aufgabe zu und schüttelte den Kopf.

»So«, sagte sie und verteilte die Blütenblätter selbst. »So wird es richtig gemacht.«

Als sie mit dem Altar zufrieden war, der wunderschön aussah, begab sie sich zu den Tischen und korrigierte auch dort noch, was ihr ins Auge stach. Ein Blumenbouquet stand schief, ein Glas war dreckig, die Girlanden hingen zu tief, es sollte sich ja keiner darin erhängen.

Ja, jetzt war alles perfekt. Und nicht weniger als das sollte es ja auch sein an diesem besonderen Tag. Nicht weil die Brauteltern eine horrende Summe für die Planung und Ausführung dieser Hochzeit ausgaben, und auch nicht weil Rosaly eine Perfektionistin war, die nicht weniger als Vollkommenheit duldete, sondern weil man im Leben nur einmal heiratete, und weil dies der Tag aller Tage war, auf den sich eine Frau schon als kleines Mädchen freute und der für immer in schönster Erinnerung gehalten werden sollte.

Rosaly lächelte, als sie nun die Braut, von ihrem Vater geleitet, zum Altar schreiten sah. Sie stand ein wenig abseits, beobachtete die Szene und stellte sicher, dass keine Katastrophen im Anmarsch waren. Dabei war sie sich zu hundert Prozent sicher, dass dieses Paar für den Rest seines Lebens glücklich zusammenbleiben würde. Denn sie hatte zu ihrem Glück beigetragen, indem sie ihnen zuhörte, gut zuredete, ihnen ihre Ängste nahm, ihnen unvergessliche Momente bescherte. Für den Rest ihres Lebens würden sie, immer wenn sie weiße Rosen sahen, an diesen einen Tag und ihr vollkommenes Glück denken.

Nun konnte Rosaly aufatmen, durchatmen, lächeln. Es war geschafft. Es war wieder einmal ganz zu ihrer Zufriedenheit ausgeführt worden.

Sie gratulierte den frisch Vermählten, ging ein wenig herum, um zu sehen, ob auch alles so war, wie es sein sollte, probierte von den Flusskrebs-Canapés und sah dem Brautpaar und den Gästen dabei zu, wie sie ausgelassen tanzten.

Als der Brautvater seine Tochter um einen Tanz bat, bekam Rosaly ungewollt feuchte Augen. Vier Monate hatte sie ihren eigenen Vater schon nicht gesehen, nichts von ihm gehört, sie vermisste ihn wirklich sehr. Ihre liebe Mutter ebenso, und erst Lizzy.

Sie musste lächeln. Über Lizzy hatte sie erst gestern wieder etwas gelesen. Ein Zeitungsinterview. Anscheinend war sie zu einer Art Berühmtheit in New York geworden, sie veranstaltete Märchenstunden in einer Buchhandlung für Kinder und hatte nun sogar begonnen, eigene Märchenbücher zu schreiben. Wie sehr Rosaly sich wünschte, dass eines davon noch während ihres Aufenthaltes hier veröffentlicht würde, zu gerne würde sie es lesen.

Lizzy hatte es wirklich geschafft, Magie zu verstreuen in diesem Amerika, das aber so verloren gar nicht wahr, wie der Hohe Rat es verkündet und wie Mrs. Happy und Mr. Everafter es sie denken lassen wollten. Ja, in diesem Land gab es weitaus weniger Liebe und Romantik als in Fairyland, aber allein an Joe und seiner Annie und an all ihren Klienten sah sie doch, dass dieses

Land noch Hoffnung hatte. Dennoch würde der Märchenrat sehr zufrieden mit Lizzy sein, weil sie ihre Aufgabe so gut meisterte.

Würden sie mit ihr ebenso glücklich sein? Immerhin war sie in keiner Zeitung und auch in keinem Fernsehinterview erschienen, was sie auch gar nicht wollte, denn sie war nie jemand gewesen, der gerne im Mittelpunkt stand, so wie ihre beste Freundin, sie blieb lieber im Hintergrund und tat hier, was sie konnte.

Doch, sie war sich sicher, dass der Märchenrat ihren Einsatz sah und dass sie die letzte und alles entscheidende Prüfung auch bestehen würde. Zumindest hoffte sie das sehr.

Kapitel 18

»Hallo, mein Prinz«, sagte Rosaly und strahlte Henry an. Er stand, ein Bein über das andere geschlagen, am Geländer des Riverwalks, wo sie verabredet waren.

Die Hochzeitsfeier war zwar noch in vollem Gange, aber Rosaly, die seit sechs Uhr morgens auf den Beinen war, hatte sich verabschiedet und überließ ihrer Assistentin Joana und den beiden Praktikantinnen die Überwachung des Abends. Im Notfall war sie jederzeit erreichbar.

»Hallo, meine Hübsche, wie war die Hochzeit?«, fragte Henry und gab ihr einen Kuss.

»Sie war einfach wundervoll. Alles ist perfekt abgelaufen, ich könnte dir stundenlang davon vorschwärmen.«

»Dann tu das. Ich hab Zeit.«

Sie wusste, dass er das sagte, weil es sie glücklich machte und weil sie so gerne von den Hochzeiten erzählte, dass es ihn als Mann eigentlich nicht interessierte, welche Farben die Blumenbouquets und welches Muster das Hochzeitsgeschirr hatte, war ihr aber natürlich bewusst. Deshalb erzählte sie Henry auch stets nur ein paar wenige Details und ließ dann für gewöhnlich ihn von seiner Musik erzählen.

»Was ist mit deinem Auftritt heute Abend?«

Sie sah auf ihr Handy, es war bereits halb acht, um neun sollte Henry mit seiner Band Jazz Delight in einem Club spielen, und sie wollte dabei zusehen.

»Der fällt aus, Jimmy hat sich einen Magen-Darm-Virus eingefangen.«

Jimmy war der Sänger von Jazz Delight.

»Könnt ihr nicht ohne ihn auftreten?«

»Ohne Gesang? Nein, der Inhaber des Clubs hat sehr verständnisvoll reagiert und unseren Auftritt auf nächste Woche verlegt.«

»Dann hast du also Zeit für mich? Wir haben wirklich einmal beide zur selben Zeit frei?«

Sie strahlte ihn an.

Das kam nämlich in letzter Zeit nicht sehr häufig vor. Henry wurde für mehr Auftritte als je zuvor gebucht und Rosaly musste eine Hochzeit nach der anderen planen.

»So sieht es wohl aus. Also, worauf hast du Lust?«

»Hmmm ...« Sie überlegte. »Wie wäre es mit Kino?«

»Eine gute Idee. Auch wenn ich weiß, dass ich mir wieder irgend so `ne Liebesschnulze ansehen muss.«

Rosaly grinste. Ja, da musste er durch. Actionfilme konnte er sich mit seinen Kumpels ansehen, wollte er mit ihr ins Kino, gab es nichts anderes als Liebesfilme, je romantischer, desto besser.

»Ja, ja, ich mache es ja gerne. Ich würde alles für dich tun, das weißt du, oder?«

Plötzlich hörte Henry sich überhaupt nicht mehr spaßig an, sondern todernst.

»Das weiß ich«, antwortete sie und gab ihm einen Kuss direkt auf den Mund.

Henry umfasste ihre Taille und hielt sie lange umschlungen, dann nahm er ihre Hand und sie machten sich auf zum Kino.

Der Film war zauberhaft. Rosaly weinte ununterbrochen und Henry reichte ihr ein Taschentuch nach dem anderen. Sie hielt seine Hand so fest, dass sie sie fast zerdrückte. Er kannte das aber schon von ihr, dieses Mitfiebern mit den Filmcharakteren, bis sie letztlich zusammenfanden, bis alles gut war, bis es ein Happy End gab. Und wehe, wenn nicht. Dann weinte Rosaly nur umso mehr, dann wollten der Film und das schreckliche Ende sie gar nicht mehr loslassen, dann erfand sie einfach ein eigenes Ende und erzählte noch stundenlang, wie es stattdessen für die Liebenden hätte ausgehen sollen.

Henry liebte diese kleinen Marotten, Henry liebte alles an Rosaly. Seit vier Monaten waren sie nun zusammen, weit vier Monaten waren sie unzertrennlich, ein Herz und eine Seele, zwei Menschen, die sich gesucht und gefunden hatten.

Sie verbrachten so viel Zeit wie möglich miteinander, kochten oft zusammen oder fuhren Raddampfer, wovon Rosaly noch immer schwer begeistert war. Sie verbrachten unterhaltsame Abende mit Joe und Chuck, manchmal machten sie eine Jam Session, wo jeder ein Instrument nach Wahl spielte und wo Rosaly stets sang. Sie hatte neben den klassischen Märchenliedern auch einige neumodische Lieder der Realen Welt gelernt, besonders mochte sie die Hits der Vierziger- und Fünfzigerjahre. Aus vollem Herzen sang sie zu Billie Holiday und Ella Fitzgerald, während die Männer sie dazu am Saxophon, an der Trompete, an der Ukulele oder am Akkordeon begleiteten.

Sie mochte diese Abende sehr, war danach immer ganz beschwingt und lag noch ewig wach, weil sie vor lauter Glück überhaupt nicht einschlafen konnte. Allein – denn sie war nach wie vor altmodisch und traditionell und würde erst nach ihrer Hochzeit mit einem Mann in ein und demselben Bett schlafen.

In diesen beschwingten Nächten musste sie zwangsläufig an zu Hause denken und daran, dass ihr Magical bald vorüber sein würde. Dann musste sie das alles hier hinter sich lassen, dieser Gedanke erfüllte sie mit Schmerz. Dann dachte sie schnell wieder an all die wundervollen Momente und sagte sich, dass sie noch viele von ihnen genießen und noch gar nicht wieder an Fairyland denken wollte.

Nach dem Kino gingen Henry und sie noch Pizza essen, obwohl es schon sehr spät war. Es gab aber genug Südstaatenlokale, die die ganze Nacht Essen servierten. Pizza war zu einer ihrer Leibspeisen geworden, ebenso wie Gumbo und Fried Green Tomatoes, die sie inzwischen sehr gut hinbekam. Wenn sie zurück in Fairyland war, wollte sie das alles für die anderen Prinzessinnen kochen, und auch für ihre Eltern und für William, und jeder müsste mit den Fingern essen.

Sie musste lächeln.

»Woran denkst du?«, fragte Henry.

»An meinen Bruder.«

Sie biss von ihrem Pizzastück ab.

»Vermisst du deine Familie sehr?«

»Oh ja.«

»Warum rufst du sie nicht mal an? Ihr könntet skypen.«

Sie schüttelte den Kopf. »Das geht nicht«, sagte sie.

Henry fragte nicht weiter nach. Das hatten sie schon so oft durch. Und er wusste, dass sie ihm auf seine Fragen keine befriedigenden Antworten geben konnte. Er verstand nicht, warum sie ihm so vieles nicht erklären mochte, warum sie ihn in vielerlei Hinsicht im Ungewissen ließ, aber inzwischen akzeptierte er es. Die Hauptsache war, dass sie zusammen waren.

»Würdest du heute vielleicht ... noch mit zu mir kommen?«, fragte Henry vorsichtig.

»Es tut mir leid, Henry, aber ich kann nicht. Das habe ich dir doch schon erklärt.«

»Ich erwarte doch überhaupt nicht ... wir könnten einfach nur reden. Ich würde so gerne mal die Nacht mit dir verbringen und am nächsten Morgen neben dir aufwachen.«

»Oh, Henry.« Sie seufzte, und dieses Seufzen sagte mehr als tausend Worte.

Sie verstand ja, dass es in der Realen Welt zwischen Jungen und Mädchen ein wenig anders ablief, dennoch war sie eine Prinzessin aus dem Märchenland und musste sich an gewisse Regeln halten.

»Gehen wir dann wenigstens noch ein bisschen spazieren?«

»Ein romantischer Spaziergang bei Nacht, während die Grillen ein leises Lied für uns singen? Ich würde nichts lieber tun.«

Sie lächelte Henry an und wünschte, sie könnte ihm die Wahrheit sagen.

Kapitel 19

Rosaly tischte Joe gerade Fried Green Tomatoes auf, zum gefühlt einhundertsten Mal, als ihr Handy klingelte.

»Rosaly!«, schrie jemand ins Telefon, und sie konnte sofort erkennen, wer es war. Jacque, der neue Assistent von Frances Jones, der sie abgelöst hatte.

»Hallo Jacque.«

»Hilfe! Wir stecken in einer echten Notlage und weiß beim besten Willen nicht, was ich tun soll.«

»Es wäre wohl am besten, wenn du erst einmal ruhig durchatmen würdest und mir dann erzählen …«

»Warte, Mr. Armstrong kommt gerade rein, ich reiche dich weiter.«

Mr. Armstrong war der Agenturchef. Er erzählte ihr, ein bisschen weniger hysterisch als Jacques, aber genauso aufgebracht, was los war. Frances Jones hatte Burnout.

»Burnout?«, fragte Rosaly.

»Sie fällt die nächsten Wochen aus. Muss zur Kur. Jetzt haben wir das riesengroße Problem, dass sie mitten in den Vorbereitungen zur Cole-Hochzeit war ...«

Rosaly musste nicht lange überlegen. »Die kann ich doch übernehmen.«

Sie hörte Mr. Armstrong förmlich ausatmen.

»Ich hatte gehofft, dass Sie das sagen würden. Bekommen Sie das auch hin? Sie haben schließlich noch die Cooper-Hochzeit und die Schwurerneuerung der Hendersons. Warten Sie, die könnten wir an Eléonore abgeben und ...«

»Mr. Armstrong, machen Sie sich keine Sorgen. Ich schaffe das, ganz sicher.«

»Sie sind meine Heldin. Ich schicke sofort Jacques mit den ganzen Unterlagen zu Ihnen, die Frances bereits vorbereitet hat. Es sind ein paar Ordner.«

»Kein Problem. Ich bin zu Hause und werde sie mir heute Abend noch ansehen und mir etwas überlegen.«

»Sie sind ein wahrer Engel. Wenn Sie etwas brauchen, lassen Sie es mich wissen.«

Sie legte auf und nahm sich von den Tomaten, ganz gelassen.

»Wer war das?«, fragte Joe und häufte sich Nachschlag auf seinen Teller. Er sagte oft, dass Rosaly die besten Fried Green Tomatoes der Welt machte, neben denen von Annie natürlich. Es hatte zwar etliche Versuche gebraucht, bis sie ihr endlich gelungen waren, aber jetzt waren sie perfekt.

»Mein Boss. Er möchte, dass ich die Arbeit einer Kollegin übernehme, die Burnout hat, was immer das bedeutet.« In Fairyland kannte man so etwas nicht.

»Sie ist überarbeitet, deine Kollegin. Hat sich zu viel aufgebürdet, ist im Stress versunken.«

»Aber warum machen sich die Menschen nur alle so viel Stress? Einen Beruf sollte man mit Liebe und Leidenschaft ausüben, mit Spaß an der Sache. Und wenn man nicht glücklich mit seinem Job ist, sollte man sich einen suchen, der einen glücklich macht, einen, der einen erfüllt.«

Joe sah sie an. »Du fragst mich, warum die Menschen sich das antun? Nun, darauf habe ich eine ganz einfache Antwort: Weil nicht jeder so weise ist wie du. Bist du wirklich erst achtzehn Jahre alt?«

Sie nickte und lächelte. Sie freute sich, dass Joe sie in diesem Licht sah, ihr wahres Ich erkannte – beinahe zumindest.

Manchmal fragte sie sich, was die Leute wohl sagen würden, wenn sie erführen, dass sie eine echte Prinzessin war. Würden sie es überhaupt glauben?

Einmal hatte sie Henry die Geschichte ihrer Eltern erzählen wollen. Dass ihr Vater ihre Mutter wachgeküsst und so für immer ihr Herz gewonnen hatte. Doch sie wusste einfach nicht wie, ohne dass es wie ein Märchen klang. Also behielt sie es für sich. Ab und an sprach sie aber doch über ihre Eltern, nur davon, wie lieb sie sie hatte.

Bald schon klingelte Jacque an der Tür und brachte ihr ein halbes Dutzend dicke Ordner, in denen die Planung der Cole-Hochzeit aufgezeichnet war. Dana Cole war die Tochter von Senator Cole und ihre Hochzeit das Highlight des Jahres. Wenn da etwas schiefging, wäre es eine große Katastrophe. Aber das würde es nicht, nicht wenn Rosaly sich der Sache annahm.

Die halbe Nacht saß sie über den Unterlagen und am nächsten Morgen war sie zwar müde, aber bereit. Sie machte sich fertig und fuhr zum Treffen mit Dana Cole.

»Wer sind Sie?«, fragte diese, als sie Rosaly in der Eingangshalle ihres herrschaftlichen Anwesens sah. Das Gebäude erinnerte Rosaly ein wenig an die Schlösser in Fairyland, natürlich war es nicht halb so prachtvoll.

Sie hob einen Ordner mit Unterlagen in die Höhe. »Ich bin Ihre neue Hochzeitsplanerin und ich werde diesen Tag zum schönsten Ihres Lebens machen«, sagte sie entschlossen und sie setzten sich zusammen.

Zuerst erklärte sie Dana Cole, was geschehen war und fragte sie, ob sie einverstanden war, dass sie nun übernahm. Bei ihrem Eifer und ihrer Zuversicht konnte die Frau natürlich nur ja sagen. Dann gingen sie einige Details durch. Vor allem das Catering, denn Dana Cole wollte den frischesten Hummer, den teuersten Kaviar und Champagner direkt aus Frankreich haben.

»Und eine Eisskulptur«, sagte sie träumerisch. »Die habe ich mir schon immer gewünscht.«

»Kein Problem. Welche Form soll sie haben?«

»Die eines Schwans.«

Okay. Es würde nicht einfach sein, eine Eisskulptur aufrechtzuerhalten, vor allem bei einer Hochzeit im September, wenn noch an die dreißig Grad herrschten. Aber ihr würde schon was einfallen. Rosaly fand für alles eine Lösung.

»Da ist noch eine Sache. Ich möchte Kutschen, offene Kutschen, in denen meine Gäste vorfahren. Mrs. Jones sagte mir, dass sie das für keine gute Idee halte, da uns eventuelles Regenwetter einen Strich durch die Rechnung machen könnte.«

»Mrs. Cole, da sehe ich überhaupt kein Problem. Wenn Sie Kutschen wollen, werden Sie Kutschen bekommen.«

»Offene?«

»Natürlich.«

»Und wenn es nun regnet?«

»Das wird es nicht, ich verspreche es.« Es hatte nämlich noch bei keiner Hochzeit, die sie geplant hatte, geregnet. Sie hatte die wage Vermutung, dass da ein wenig Magie im Spiel war, damit sie ihre Aufgabe auch erfüllen konnte.

Dana Cole nickte erleichtert, war aber weiterhin hektisch. Sie holte kaum Luft, als sie von Himbeertorte und Erdbeerbaisers sprach, von Geigenmusik und einem Barbershop-Quartett. Sie hyperventilierte beinah, als sie über das Hochzeitskleid nachsann, Rosaly hielt es nicht länger aus.

Sie legte ihr eine Hand auf den Unterarm und sah ihr in die Augen.

»Mrs. Cole, möchten Sie Ihren Hochzeitstag bis an Ihr Lebensende als einen wundervollen, einzigartigen Tag in Erinnerung behalten oder als ein stressiges Ereignis, dem Sie sich so hingegeben haben, dass Sie sich später an kaum noch etwas davon erinnern können?«

Dana Cole seufzte einmal schwer und lehnte sich dann im Stuhl zurück. Zum ersten Mal an diesem Vormittag atmete sie richtig aus.

»Wissen Sie was? Sie haben vollkommen recht. Ich sollte versuchen, mich zu entspannen, oder?«

Rosaly nickte. »Ganz, ganz dringend.«

Die Senatorentochter lächelte sie an und fragte: »Würden Sie mir zeigen, wie das geht?«

Rosaly lächelte zurück und versicherte ihr: »Wir werden das Ding schon schaukeln.«

Kapitel 20

Die Wochen vergingen und Rosaly opferte sich auf, verbrachte fast ihre gesamte Zeit damit, die Cole-Hochzeit vorzubereiten. Henry war sogar schon ein bisschen beleidigt, dass sie kaum noch Zeit für ihn hatte, was ihr auch furchtbar leidtat, dennoch war die Hochzeit im Moment das Wichtigste, sie ahnte, dass sie ein entscheidender Teil ihrer Prüfung war.

»Ich sehe in diesem Kleid unmöglich aus, oder? Sehe ich fett aus? Sagen Sie mir die Wahrheit!«, forderte Dana Cole.

Rosaly saß auf einem der weißen, gepolsterten Stühle des exquisiten Brautmodengeschäfts, in dem ein einziges Kleid mehr kostete, als sie in den ganzen sechs Monaten in der Realen Welt verdiente, und betrachtete Dana und ihr Kleid.

Was sollte sie sagen? Sie wusste, dass sowohl die Mutter der Braut als auch ihre Schwester es an ihr sehen wollten. Sie selbst musste Dana aber rechtgeben, es machte sie dicker, als sie war, und ihr Hintern glich dem einer Ente.

Lügen durfte sie nicht, die Wahrheit aber hätte die Braut verletzt, also versuchte Rosaly es so: »Wenn ich meine ehrliche Meinung sagen soll, dann würde ich Ihnen zu einem schlichteren, fließenderen Kleid raten. Ein fließender Stoff würde Sie weniger ... aufgebauscht wirken lassen als dieser.«

»Ha! Sag ich doch! Ich wirke fett!«

Oje. Hatte sie etwas Falsches gesagt? War Dana Cole jetzt sauer auf sie?

»Ich danke Ihnen für Ihre Ehrlichkeit!«, sagte sie aber sodann. »Sie sind der einzige Mensch weit und breit, der überhaupt mal ehrlich sagt, was er denkt. Und Sie sind in beinahe jeder Hinsicht meine Rettung in der Not, bei all dem Chaos. Habe ich Ihnen schon erzählt, dass meine beste Freundin Alice abgesagt hat? Ihre Nasen-OP ist schiefgegangen und sie müssen noch einen Eingriff vornehmen. Mit einem Verband will sie nicht auf einer Hochzeit erscheinen. So hatte es ja kommen müssen.« Sie sah Rosaly eingehend an. »Wollen Sie nicht meine Trauzeugin sein?«

Rosaly machte große Augen, sie war völlig perplex.

»Ich weiß nicht, Mrs. Cole. Wollen Sie nicht besser Ihre Schwester oder eine Ihrer zukünftigen Schwägerinnen nehmen? Ich denke nicht, dass ich dafür die beste Wahl bin.«

»Oh, das denke ich aber schon. Ich möchte, dass Sie es sind, ja? Würden Sie mir die Ehre erweisen? Sie sind doch eh schon viel mehr in diese Hochzeit eingebunden als sonst irgendwer.«

»Na gut, wenn Sie es sich wirklich wünschen.«

»Das tue ich. Und wenn Sie schon Trauzeugin sind, dann seien Sie bitte auch mein Gast auf der Hochzeit. Bringen Sie eine Begleitung mit.«

»Ich denke nicht, dass ich viel Zeit zum Mitfeiern finden werde, ich muss mich doch um so vieles kümmern.«

»Oh, ich bin mir sicher, das bekommen Sie super hin.« Dana Cole strahlte vor sich hin und probierte dann Kleider an, die viel mehr ihrem Typ entsprachen.

Rosaly hatte es mal wieder gerichtet. Sie freute sich und fragte sich, ob Henry wohl Lust auf eine prunkvolle Hochzeit hatte, bei der die Tochter des Senators unter die Haube kam.

Zwei Wochen später war es soweit. Die Hochzeit des Jahres wurde gefeiert. Dana Cole erstrahlte im hellsten Licht. Die Gäste wurden in Kutschen mit weißen Schimmeln vorgefahren, von Regen keine Spur.

Es gab fangfrischen Hummer, der von den besten 5-Sterne-Köchen des Landes zubereitet wurde, jede Menge Kaviar und eine riesengroße Himbeertorte, von der sicher ganz New Orleans sattgeworden wäre. Vielleicht könnte Rosaly später ein Stück für Joe abzweigen, der freute sich immer sehr über Reste, die sie mitbrachte und beschwerte sich schon, dass er stetig zunahm, seit Rosaly da war.

Als die Braut und der Bräutigam sich das Jawort gaben, lächelte Rosaly glücklich, während Henry in seinem geliehenen Anzug unter den fünfhundert Gästen saß und dem Spektakel zusah.

Danach wurde gefeiert. Während sie alle zu dem Barbershop-Quartett tanzten, das sich der Bräutigam gewünscht hatte, sagte Henry zu ihr: »Ich glaube, ich verstehe das jetzt endlich.«

»Was meinst du, Henry?«, wollte Rosaly wissen.

»Das alles. Das hier. Ich verstehe jetzt endlich, was dir das bedeutet. Ich brauche doch nur in dein Gesicht zu blicken, du siehst so glücklich aus.«

»Ich liebe Hochzeiten einfach, und ich freue mich, Liebespaaren dabei zu helfen, ihr ewiges Glück zu finden.«

Er wurde nachdenklich. »Was ist mit unserem ewigen Glück? In zwei Wochen ist der September rum. Deine sechs Monate sind bald zu Ende. Hast du immer noch vor, zurück nach Hause zu gehen?«

Rosaly wurde still, wurde traurig. Sie mochte Henry kaum ansehen. Betrübt nickte sie.

»Warum, Rosaly? Gibt es denn hier nichts, das dich zum Bleiben bewegen könnte? Sieh dir doch nur an, was du dir alles aufgebaut hast.«

»Ich wünschte, ich könnte bleiben, Henry, aber ich muss zurück. Meine Eltern … es werden gewisse Erwartungen in mich gesteckt.«

»Was für Erwartungen sind das?«

»Es wird erwartet, dass ich mir einen Prin … einen Mann suche und heirate.«

»Du bist noch nicht mal neunzehn!«

»Ich weiß. So ist das aber bei uns.«

»Du musst also heiraten, ja?«

Sie nickte. Sie musste es nicht nur, sie wollte es ja auch.

»Und was wäre, wenn einfach wir beide heiraten würden?«

Sie starrte Henry an, verblüfft, sprachlos. Meinte er das etwa ernst?

»Henry, mach keine Späße mit mir, bitte.«

»Mache ich nicht. Ich meine das ganz ernst.«

»Du möchtest mich heiraten? Wirklich? Nur damit ich nicht gehe?«

»Ja.«

»Das ist doch aber kein guter Grund zum Heiraten, Henry.«

»Ich will dich doch aber nicht nur heiraten, damit du hier bei mir bleibst, Rosaly. Verstehst du es denn nicht? Ich möchte dich heiraten, weil ich dich liebe.«

Ein Feuerwerk explodierte in ihr. Und nun begann zeitgleich auch das echte Feuerwerk, das Teil der Hochzeitsfeierlichkeiten war, in bunten Farben am Himmel zu erstrahlen.

Sie zwang sich, Henry in die Augen zu sehen. Er hatte es gerade zum ersten Mal gesagt. Er hatte ihr gesagt, dass er sie liebte. Welch wundervolles Gefühl.

Und doch machte es alles nur noch viel schlimmer.

»Oh, Henry. Bitte gib mir ein wenig Zeit, um darüber nachzudenken, ja?«

»Natürlich.«

Auf dem Nachhauseweg sprach keiner von beiden ein Wort. Es stand plötzlich etwas zwischen ihnen, etwas, das man nicht beschreiben konnte.

Henry brachte sie noch nach Hause, wo Joe bereits seit Stunden im Land der Träume war.

Als Henry sie zum Abschied küssen wollte, sagte Rosaly: »Henry, verzeih mir, aber ich muss deinen Antrag ablehnen.«

Sie hatte darüber nachgedacht, sehr ausführlich, auch wenn es eigentlich gar nichts zu überlegen gab. Denn es konnte nur die eine Antwort geben.

Schmerzvoll sah Henry, der Mann, den sie so ins Herz geschlossen hatte, sie an. »Warum nicht? Sag es mir, das bist du mir, glaube ich, schuldig.«

»Es geht nicht.« Sie blickte zu Boden. »Ich könnte nie wieder nach Hause zurückkehren, würde ich deine Frau werden.«

»Deine Familie würde dich verstoßen?«

Sie nickte, weil es das Einfachste war.

»Das will ich natürlich nicht. Rosaly ...« Er sah ihr nun in die Augen, nahm ihre Hand in seine. »Ich kann aber auch nicht diese letzten Wochen mit dir zusammen sein, wenn ich weiß, dass du mich verlässt. Es würde zu sehr wehtun. Lass uns jetzt im Guten auseinandergehen, ja?«

Sie nickte, weil sie ihm keine Worte geben konnte, die es für ihn leichter machen würden. Eine Träne fiel auf ihre Schuhe und sie starrte den nassen Punkt auf dem hellrosa Stoff an.

Henry ließ ihre Hand los. »Ich werde dich nie vergessen, Rosaly. Ich hoffe, du wirst dein Glück finden.«

»Es tut mir leid«, war alles, was sie sagen konnte.

Dann ging Henry davon.

Rosaly weinte. Sie weinte und sah zum Himmel, wo der Mond groß und hell stand, ihr aber doch keinen Trost spenden konnte.

Kapitel 21

Die Tage verrannen und es ging Rosaly nicht sehr gut. So sehr sie auch weiterhin ihren Aufenthalt in der Realen Welt und die Arbeit in der Hochzeitsagentur genoss, so fehlte ihr dennoch etwas. Henry fehlte. Die Gespräche mit ihm, sein Humor, die wundervollen musikalischen Stunden, die Vertrautheit.

Sie musste ständig an ihn denken und konnte sich kaum noch auf etwas anderes konzentrieren.

Die ganze Zeit über fragte sie sich, ob ihre Entscheidung, Henrys Antrag abzulehnen, wohl richtig gewesen war. Sie fragte sich, ob es überhaupt eine andere Möglichkeit gegeben hätte. Wenn sie ihn angenommen hätte, hätte dies doch bedeutet, dass sie ihre Familie, ihre Freundinnen, Margot, ihr Zuhause nie wieder gesehen hätte. Aber sie hätte bleiben können – bei Henry.

Konnte sei sich ein Leben ohne ihn überhaupt noch vorstellen? Würde sie ihn hier einfach zurücklassen können? Außerdem war da ihre Arbeit, die sie mit so viel Hingabe ausführte und die sie erfüllte, wollte sie sie einfach aufgeben? Und dann waren da noch Joe und Chuck, die sie so liebgewonnen hatte, und New Orleans, der Ort, an dem sie sich beinahe ebenso zu Hause fühlte wie in Fairyland. Da waren Fried Green Tomatoes und Gumbo, Jazzmusik und Raddampfer. Konnte, ja wollte sie das alles für immer hinter sich lassen?

Und wenn sie Henrys Antrag nun doch annähme, falls er sie überhaupt noch wollte, nachdem sie ihn so verletzt und gedemütigt hatte ... Wie würde ihr Leben, ihre Zukunft dann aussehen ohne ihre geliebten Eltern, ohne William, ohne Lizzy, ohne ein eigenes Märchenschloss und vor allem ohne eine Märchenhochzeit? Tag für Tag plante sie all diese perfekten Hochzeiten, wie aber würde ihre eigene aussehen, würde sie Henry das Jawort geben? Könnte es überhaupt eine Traumhochzeit werden ohne ihre Liebsten an ihrer Seite, ohne die Rosen aus dem Garten ihrer Mutter, ohne ihren Vater, der sie zum Altar führte?

Ihr ging so vieles im Kopf herum, so vieles, über das sie wieder und wieder nachdachte. Und doch fand sie keine Antworten.

Nach der Cole-Hochzeit musste Rosaly sich zwar weiterhin um viele andere Feierlichkeiten kümmern, aber der große Druck und auch der Stress, der sie vielleicht abgelenkt hätte, waren weg. Und so saß sie an einem Dienstag Ende September zusammen mit Joe und Chuck am Frühstückstisch und aß Waffeln aus dem Toaster. Der kleine Fernseher auf dem Küchentresen war an, es lief eine Talk Show, in der auf einmal Lizzy Charming angekündigt wurde.

Rosaly war plötzlich voll da, sie klatschte in die Hände und verkündete ihren beiden älteren Kameraden: »Das ist meine beste Freundin!«

»Tatsache? Die da im Fernsehen?«, fragte Joe erstaunt.

»Ein hübsches, kleines Ding. Wäre ich ein paar Jahre jünger ...«, sagte Chuck und schnalzte mit der Zunge.

Joe lachte. »Ein *paar* Jahre jünger? Da müsstest du schon ein halbes Jahrhundert jünger sein.«

»Ach, ich sehe da gar kein Problem. Wo die Liebe hinfällt.«

Rosaly musste lachen, hörte dann aber gebannt zu, was Lizzy erzählte. Sie sprach von den neuen Büchern, die sie zusammen mit ihrem guten Freund und Grafiker Peter Bryson schrieb.

Als Lizzy den Namen Peter erwähnte, hatte sie so ein Funkeln in den Augen, dass Rosaly sich fragte, ob ihre Freundin wohl auch verliebt war.

Dann hatte sie auf einmal eine Idee. Ja, es war eine gute Idee, eine ganz wundervolle. Sie sprang auf.

»Joe, Chuck, ich habe eine Mission für euch!«, verkündete sie.

Die beiden alten Männer sahen sie gespannt an.

»Was können wir für dich tun?«, fragte Joe.

Rosaly musste lächeln. Sie hatte keinen Zweifel daran, dass die beiden ihr jeden noch so verrückten Wunsch erfüllen würden, und dieser war schon ein wenig verrückt, das musste sie zugeben.

»Hattet ihr beiden mir nicht erzählt, wie sehr ihr New York vermisst?«

Die beiden hatten vor vielen Jahren einige Auftritte in New Yorker Clubs in Harlem und in Brooklyn gehabt und schwärmten noch heute vom Big Apple.

»Mit jeder Faser meines ausgemergelten Körpers.« Chuck lachte.

»Was würdet ihr davon halten, wenn ich euch auf eine Reise nach New York schicke? Ein kleiner Wochenendtrip auf meine Kosten?« Die Idee gefiel ihr von Sekunde zu Sekunde besser.

»Wo ist der Haken?«, wollte Joe wissen.

»Es gibt keinen«, versicherte sie. »Aber wenn ihr schon mal dort wäret, könntet ihr ja vielleicht Lizzy aufsuchen und etwas für mich herausfinden.«

Die beiden waren ganz Ohr.

Kapitel 22

Rosaly war gespannt wie nie. Es war Anfang Oktober und ihr blieben nur wenige Tage, bis ihr Magical endete. Der große, alles entscheidende Moment war gekommen. Joe und Chuck waren zurück aus New York.

Sie rannte von der Arbeit nach Hause und kam ganz außer Puste in die Küche gestürmt, wo die beiden Männer saßen und Käsekuchen aßen.

»Hallo, Rosaly. Möchtest du auch ein Stück original New York Cheesecake?«

»Gerne. Aber erzählt doch mal, wie war euer Trip?« Sie konnte es vor Aufregung kaum aushalten.

Joe klatschte ihr ein großes Stück Kuchen auf einen Teller und reichte ihn ihr.

Sie nahm einen Happen. »Wow, ist der gut«, staunte sie.

»Also ...«, begann Chuck zu erzählen. »New York hat sich zwar sehr verändert, seit wir das letzte Mal da waren, es ist immerhin gut fünfundzwanzig Jahre her, es ist aber immer noch genauso fantastisch, wie wir es in Erinnerung hatten.«

»Du hättest uns gar keine größere Freude machen können«, sagte Joe, der sie in ihr Herz geschlossen hatte, als wäre sie seine Enkeltochter. Seit sie ihm die Tagebücher von Annie gegeben hatte, liebte er sie abgöttisch.

»Das freut mich sehr. Nun erzählt mir aber, habt ihr Lizzy getroffen?«

»Oooh ja«, sagte Chuck und schnalzte wieder mit der Zunge.

»Ach, halt die Klappe, du geiler alter Sack!«, schimpfte Joe und wandte sich wieder an Rosaly. »Wir haben sie aufgesucht, ja, und haben uns, wie du es gewünscht hast, als Reporter ausgegeben. Und nun kommt die gute Neuigkeit: Deine Freundin hat uns nämlich erzählt, dass nach den fünf bereits angekündigten Märchenbüchern noch sechs weitere erscheinen werden.«

Rosalys Gehirn ratterte. Was hatte das zu bedeuten? Dass Lizzy in der Realen Welt bleiben würde, wie sie es so sehr gehofft hatte? Dass sie hier bleiben und Bücher schreiben würde?

»Du darfst dich freuen, Rosaly. Lizzy wird, so wie es aussieht, auch nicht nach Paris zurückkehren, sondern hier in den Staaten bleiben.«

Ihre Augen füllten sich mit Tränen.

»Seid ihr euch da auch ganz sicher?«

Chuck nickte. »Es sind nicht nur die Bücher. Auch ihr Freund, dieser Peter ... ich erkenne wahre Liebe sofort. Und ich muss ehrlich sagen, ich war ein bisschen mitgenommen, wo ich mir doch selbst schon etwas ausgemalt hatte.« Er zwinkerte ihr zu.

»Ihr habt auch Peter Bryson kennengelernt?«, fragte sie überrascht.

»Der Junge ist ihr nicht von der Seite gewichen«, bestätigte Joe.

Nun hatte sie die Gewissheit. Lizzy war verliebt. Und wenn sie so viele weitere Bücher plante, dann hieß das doch, dass sie ebenfalls vorhatte, hierzubleiben, oder?

Ebenfalls ...

Rosaly musste innerlich lächeln. Eine unglaubliche Wärme breitete sich in ihr aus, als sie erkannte, was ihr Herz wohl schon seit einer ganzen Weile wusste: Sie würde auch hier bleiben. Hier in der Realen Welt. Hier bei Henry.

Egal, wie klein oder groß eine gemeinsame Hochzeit aussehen würde, egal, ob sie nun ihre Prüfung bestand oder nicht. Und selbst wenn sie somit ihre gesamte Familie, ihre Heimat und ihr Schicksal als Märchenprinzessin von sich stoßen würde – Henry war das alles wert. Sie wollte nur ihn, dessen war sie sich jetzt hundertprozentig sicher.

Sie sprang vom Stuhl, rief: »Ich muss dringend etwas erledigen!«, und konnte noch die wissenden, schmunzelnden Blicke von Joe und Chuck aus dem Augenwinkel wahrnehmen, als sie aus dem Haus rannte.

Sie rannte und rannte, bis ihr die Füße wehtaten. Sie fand Henry an dem Platz, an dem sie ihn an ihrem allerersten Tag gesehen und spielen hören hatte. Wieder hatte er seine Trompete in der Hand, doch heute spielte er ganz allein – traurige Klänge.

Als er sie auf sich zulaufen kommen sah, hielt er einen kurzen Moment inne, fuhr dann aber fort mit seinem Spiel.

Rosaly blieb stehen, japsend, und strahlte Henry an.

Jetzt, wo sie wusste, dass auch Lizzy bleiben würde, gab es für sie überhaupt keine Bedenken mehr.

Als das Lied zu Ende war, ließ Henry die Trompete sinken. Fragend sah er sie an.

»Henry ... oh, Henry ...«, begann sie außer Atem. »Es tut mir so leid, dass ich dir neulich eine Abfuhr erteilt habe.«

»Das war ja nicht das erste Mal«, sagte er mit einem kleinen, traurigen Lächeln. Er spielte wohl auf den Rauswurf aus ihrem Zimmer und die Flucht nach ihrem ersten Kuss an.

»Ich weiß. Aber ich will dir nie wieder eine Abfuhr erteilen, das verspreche ich dir. In all den Jahren, die wir noch zusammen erleben werden, werde ich dir niemals wieder so wehtun.«

Henry blickte auf und machte große Augen.

»In all den Jahren? Bedeutet das etwa …«

»Das ich bleibe. Ja!«

Sie fiel ihm in die Arme.

Es hatten sich einige Zuschauer gefunden, die ihnen nun zusahen.

»Ich kann es gar nicht glauben. Du gehst nicht zurück nach Paris?«

Sie schüttelte den Kopf. »Nein. Ich bleibe hier bei dir, wenn du mich noch willst.«

»Natürlich will ich dich. Aber was ist mit deiner Familie?«

»Ich hoffe, sie werden es verstehen. Nichts auf der ganzen Welt ist mir so wichtig wie du, Henry, das habe ich endlich erkannt.«

»Du weißt ja gar nicht, wie glücklich du mich machst«, sagte er und küsste sie voller Leidenschaft.

»Henry. Es ziemt sich nicht für eine … für ein Mädchen wie mich, dir einen Antrag zu machen. Falls *du mir* aber erneut einen machen würdest, würde ich bestimmt nicht wieder nein sagen.«

Henry sah sie an, mit all der Liebe, die er für sie empfand. Er nahm ihre Hände in seine, ging dann auf die Knie und lächelte. »Rosaly, möchtest du meine Frau werden?«

»Ja, das möchte ich«, erwiderte sie überglücklich.

Die Menschen um sie herum, die in den letzten Minuten immer mehr geworden waren, begannen nun zu klatschen und zu rufen. Sie freuten sich mit Henry und Rosaly, die einander fest umschlungen hielten und sich am liebsten nie wieder losgelassen hätten.

»Wollen wir Gumbo essen gehen und dabei alles Weitere besprechen?«, fragte Henry.

Rosaly strahlte und nickte. »Ich liebe Gumbo, habe ich dir das eigentlich schon mal gesagt?«

»Das hast du. Mehrmals.«

»Aber ich habe dir noch nie gesagt, dass ich *dich* liebe, oder?«

»Nein.« Henry sah sie an. »Es täte wirklich gut, das mal zu hören.«

»Ich liebe dich Henry.« Sie küsste ihn erneut. »Dann lass uns nun Gumbo essen gehen, ja?«

Rosaly nahm seine Hand und brachte ihn dorthin, wo sie am ersten Tag ihres Magicals vor fast genau sechs Monaten ihre erste Mahlzeit in der Realen Welt zu sich genommen hatte. Sie musste lächeln, als sie an ihren ersten Tag in New Orleans zurückdachte, an ihre erste Begegnung mit Henry. Wer hätte damals ahnen können, wie es mit ihnen enden würde? Dass sie sich unsterblich in ihn verlieben würde, in ihren ganz eigenen Prinzen mit der Trompete?

Glücklich betrachtete sie ihn. »Ich liebe dich«, sagte sie erneut.

»Ich liebe dich auch, Rosaly. Und ich verspreche dir, dass ich niemals aufhören werde, dich zu lieben.«

Seelig strahlten sie einander an, aßen Gumbo und begannen, ihre gemeinsame Zukunft zu planen.

Epilog

»Und es macht dir wirklich nichts aus, dass du nun keine große Märchenhochzeit bekommst, wie du sie dir immer gewünscht hast und wie du sie selbst für andere planst?«, fragte Henry ein wenig besorgt, als die beiden zwei Wochen später auf dem Riverwalk spazieren gingen.

Das Magical war bereits beendet und die Prinzessinnen waren wieder zurück in Fairyland. Rosaly hatte dem Märchenrat jedoch verkündet, dass sie in der Realen Welt bleiben werde und ihm versichert, auch weiterhin ganz viel Magie und Liebe zu verstreuen.

»Nein, wirklich nicht, Henry. Wenn du nur mein Bräutigam bist, ist mir alles andere egal.«

»Das ist wirklich süß von dir. Wir werden aber kaum Gäste haben und die Feier wird ziemlich klein ausfallen.«

»Das weiß ich, Henry. Das ist schon okay.«

Ganz überzeugen konnte sie ihn wohl nicht, denn er wurde sehr still, schien nachzugrübeln.

»Auch wenn die Hochzeit klein ausfällt, möchte ich dir doch einen unvergesslichen Tag bescheren. Ich glaube, ich hab da schon eine Idee. Wie wäre es, wenn zur Abwechslung mal ich die Hochzeitsplanung übernehme?«

Rosaly wurde nervös. Sie sollte die komplette Organisation in Henrys Hände legen? Ob das gutgehen konnte? Doch er sah sie auf eine Weise an, die ihr sagte, dass er nur das Beste für sie wollte und dass er sie glücklich sehen wollte – mehr als alles andere. Und deshalb stimmte sie zu.

»Ich habe nur einen Wunsch. Eigentlich zwei. Einen kleinen und einen großen«, sagte sie.

»Ich höre.« Henry lächelte sie an. Er hatte ihr gesagt, dass er vor einem halben Jahr nicht einmal gewusst hatte, ob er jemals heiraten wollte, und dass sie sie ihm völlig den Kopf verdreht hatte. Dass er, seit er sie kannte, nichts wollte, als sesshaft zu werden und den Rest seines Lebens an ihrer Seite zu verbringen.

»Als Erstes fände ich es wirklich schön, wenn Joe mich zum Altar führen würde.«

Dass ihr Vater dies nicht tun konnte, war beiden unentwegt bewusst, doch sie wussten auch, dass sie sich mit dieser Tatsache arrangieren mussten. Joe war da doch wirklich eine gute Alternative, fand Rosaly.

»Das finde ich großartig. Er wird sich sicher sehr geehrt fühlen. War das die kleine oder die große Sache?«

»Die kleine. Du, Henry ... könnten wir vielleicht unsere Flitterwochen in New York verbringen?«

»Du meinst, bei Lizzy?« Er kannte sie einfach schon zu gut.

Sie nickte. »Ich würde sie so gerne wiedersehen und mich vor allem davon überzeugen, dass sie auch noch hier ist und nicht zurück nach Fai ... nach Paris gegangen ist. Es wäre so schön, sie in meiner Nähe zu wissen.«

»Wie könnte ich dir diesen Wunsch abschlagen, mein Schatz?«

Henry nahm ihre Hand und grinste vor sich hin. Rosaly fragte sich, was das wohl zu bedeuten hatte. Aber sie hatte ja versprochen, ihn sich um die Hochzeit kümmern zu lassen, und das beinhaltete wohl auch die Hochzeitsreise.

Während Rosaly die Hochzeiten anderer Leute plante, bereitete Henry alles für ihre eigene vor.

An einem sonnigen Tag Anfang November führte er Rosaly mit verbundenen Augen zur Lokalität ihrer Feier. Erst dort nahm er ihr die Augenbinde ab und sah ihr freudig dabei zu, wie sie, völlig überwältigt, staunte.

Henry hatte einen Raddampfer gemietet, auf dem sie getraut werden sollten. Es waren viel mehr Gäste anwesend, als sie sich jemals hätte träumen lassen. Ihre Kollegen aus der Hochzeitsagentur, Henrys Bandkollegen, seine Familie, und natürlich Joe und Chuck.

»Oh mein Gott, Henry, das ist einfach wundervoll«, sagte Rosaly, während sie das mit rosa Rosen, Schleifen und Ballons verzierte Schiff betrachtete.

Ihr Zukünftiger hatte wirklich ganze Arbeit geleistet.

Nun trat Joe zu ihr und hielt ihr seinen Arm hin, in den sie sich einhakte. In ihrem rosa Rosen-Kleid, das sie angehabt hatte, als sie nach New Orleans kam und in dem sie Henry kennenlernte, schritt sie an Joes Seite zum Altar. Der alte Mann hatte Tränen in den Augen, als er sie Henry übergab.

»Wo ist denn deine Schwester?«, flüsterte Rosaly Henry ein wenig panisch zu, denn sein Trauzeuge Jimmy stand zwar an seiner Seite, aber von ihrer Trauzeugin war weit und breit nichts zu sehen.

»Ach so, ja ...«, sagte Henry und grinste schelmisch. »Kleine Planänderung. Ich habe da nämlich ein ganz besonderes Hochzeitsgeschenk für dich.«

Das war wohl das Stichwort, denn wie aus dem Nichts erschien plötzlich Lizzy neben ihr, ein Mann hinter ihr, den Rosaly kaum wahrnahm, der aber wohl Peter sein musste.

Sie musste ein paarmal die Augen zukneifen, um zu verstehen, dass dies wirklich echt war.

Lizzy stand vor ihr!

Sie begann zu weinen und fiel ihrer besten Freundin überglücklich in die Arme.

»Lizzy, was machst du denn hier? Oh, wie sehr ich mich freue, dich zu sehen.« Ihre Tränen liefen ununterbrochen.

Lizzy weinte ebenfalls Wasserfälle. Sie hatten beide geglaubt, einander nie wiederzusehen, und jetzt war Lizzy hier bei ihr in New Orleans. Und das alles dank Henry. Liebevoll sah Rosaly ihn an und nahm ein Papiertaschentuch von ihm entgegen, mit dem sie sich die Tränen und die verschmierte Schminke wegtupfte.

»Wie könnte ich irgendjemand anders deine Trauzeugin sein lassen, Rosaly?«, fragte Lizzy und half ihr dabei, ihr Gesicht wieder in Ordnung zu bringen. Schließlich sollte sie wunderschön sein an ihrem großen Tag.

Rosaly konnte ihr Glück kaum fassen. Mit Lizzy als Zeugin ihres Liebesschwurs, gab sie an diesem Tag ihrem Henry das Jawort. Einhundert rosa Luftballons stiegen in die Lüfte, als sie sich küssten – als Ehemann und Ehefrau.

Sie feierten bis in die Nacht hinein auf ihrem Raddampfer, mit Gumbo, Fried Green Tomatoes und New York Cheesecake. Mit Jazzmusik, besten

Freundinnen, lustigen alten Männern und einer rosigen Zukunft in Aussicht.

Wenn du genau hinhörst, kannst du noch immer die Musik hören, und wenn du in den Himmel siehst, kannst du vielleicht sogar einen rosa Ballon entdecken.

Lies auch die anderen Princess-in-love-Bände:

In diesem ersten Band der Princess-in-love-Reihe begleiten wir Lizzy, jüngste Tochter von Cinderella und Prince Charming, nach New York City. Wird Lizzy ihre Prüfung bestehen und wird sie ihren Prinzen vielleicht sogar inmitten von Wolkenkratzern statt von Märchenschlössern finden?

Wanda, Tochter von Arielle und Prinz Eric, verschlägt es nach Miami. Dort soll sie ihr sechsmonatiges Magical absolvieren und ein wenig Magie verbreiten. Eigentlich möchte Wanda nur Gutes tun und fängt als Altenpflegerin in einem Seniorenheim an, wo sie mit Leidenschaft ihre Märchengeschichten erzählt, doch dann wird sie am Strand von einem Modelscout entdeckt, der das neue Supermodel aus ihr machen will. Wird sie sich auf dieses Abenteuer einlassen?

15722386R00097

Printed in Poland
by Amazon Fulfillment
Poland Sp. z o.o., Wrocław